L'AMOUR TOUJOURS
TOUJOURS L'AMOUR?
Junge französische Liebesgeschichten

Vierzehn Geschichten von der Liebe. Zum Beispiel von roten Socken, die unwiderstehlich machen (wir hatten es geahnt!), oder vom letzten Lächeln der Charlotte Corday auf dem Weg zum Schafott. Sie beleuchten die Nähe von Liebeskummer und Wahnsinn, von Poesie und Fantastik und erzählen eine schmerzhaft poetische Variante von »Rotkäppchen«. Sie handeln von der Qual der Wahl zwischen zwei Frauen oder von der Hoffnung auf Ruhm, die bitter enttäuscht wird. Sie wissen längst, dass man vor Liebesleid nicht davonlaufen kann und dass übersteigerte Projektionen einen Menschen brechen können.

Zwischen 18 und 36 Jahren alt sind die Autorinnen und Autoren, ihre Texte sind originelle Talentproben, in die man sich verlieben kann. Tragisch und komisch, banal und existenziell, abstrakt und konkret, ziemlich jung und dennoch weise …

L'AMOUR TOUJOURS
TOUJOURS L'AMOUR?

Junge französische Liebesgeschichten

Herausgegeben von Annette Wassermann

Verlag Klaus Wagenbach   Berlin

Wir bedanken uns bei den Autoren und Verlagen für die
freundliche Genehmigung zum Abdruck (siehe Autoren- und
Quellenverzeichnis).

Dieses Buch wird herausgegeben im Rahmen des
Förderprogramms des Institut français.

Wagenbachs Taschenbuch 776
Originalausgabe

© 2017 Verlag Klaus Wagenbach, Emser Straße 40/41,
10719 Berlin   www.wagenbach.de
Umschlaggestaltung Julie August. Das Karnickel auf Seite 1
zeichnete Horst Rudolph. Gesetzt aus der Didot und der Plantin.
Broschurenkarton von Fedrigoni und Vorsatzmaterial
von Gebr. Schabert, Strullendorf. Gedruckt auf Schleipen und
gebunden bei Pustet, Regensburg. Printed in Germany.

ISBN: 978 3 8031 2776 1

Inhaltsverzeichnis

L'amour toujours?
Verliebte Vorbemerkung

Ob nun was dran ist oder nicht: Das Klischee von den Franzosen als Lebens- und Liebeskünstler ist zu charmant, um hier infrage gestellt zu werden. Auch die möglicherweise rein persönliche Anfälligkeit für Rhythmus, Melodie und Sinnlichkeit des französischen Idioms wird nicht diskutiert, sondern nur letztgültig behauptet, dass gewiss keine Sprache der Welt für Flirt und Verführung so geeignet ist wie das Französische. Belegt werden kann das nicht zuletzt dadurch, dass sich für sehr viele Begriffe aus dem einschlägigen Wortfeld keine deutsche Entsprechung finden lässt. Oder wie übersetzt man »Charme«, »Liaison«, »Affaire«, »Libertinage«, »Rendez-vous«, »Ménage à trois«?

Auf der Grundlage dieses offensichtlich völlig berechtigten Klischees genügt ein kurzer Blick in die französische Literaturgeschichte, um ebenso zweifelsfrei festzustellen, dass wohl in keiner anderen Sprache so viel über die Liebe geschrieben wurde. Beginnend mit der hochmittelalterlichen höfischen Minnedichtung von Chrétien de Troyes oder Christine de Pizans »Sendbrief an den Gott der Liebe«, bis hin zu den Erinnerungen von Giacomo Girolamo Casanova oder zum Roman »Gefährliche Liebschaften« von Choderlos de Laclos: Es gibt in der kanonisierten deutschen Literatur kaum Vergleichbares. Auch das große, suchende Erinnerungs- und Liebesepos von Marcel Proust oder Marguerite Duras' Weltbestseller »Der Liebhaber« bleiben zumindest in der deutschsprachigen Literatur konkurrenzlos. Darüber hinaus handeln unzählige französische Texte ganz theoretisch von Liebe und Leidenschaft, und nicht nur Pascal, Voltaire, Simone de Beauvoir oder Roland Barthes haben sich ausgiebig um die intellektuelle Durchdringung des »Phänomens« bemüht. Der neurotische Charakter der Liebe und ihre Wechselwirkung mit Sprache und Literatur standen im Zentrum des Interesses der modernen französischen Psychoanalyse, und in der Postmoderne, die offensichtlich in Frankreich überhaupt erfunden wurde, avancierte das Begehren schließlich zum Movens der Textproduktion, als eine unendliche Bewegung, die sich stets selbst erneuert und wiederholt.

Doch was bleibt noch über die Liebe zu schreiben? Der Papierstapel aus all diesen primären und sekundären Textschichten, auf dessen oberstes Blatt heute geschrieben wird, ist gewaltig, was den jungen Erzählungen jedoch kaum anzumerken ist. Wie in jeder Generation scheint alles neu, und wieder suchen die Autoren nach eigenen Worten und frischen Bildern, um von Hoffnung und Schmerz, Sehnsucht und Einsamkeit, Begehren und Glück zu sprechen. Die hier rein subjektiv versammelten Geschichten erzählen von vielen Facetten der Liebe: von Traum und Lust und Spiel, aber auch von Hörigkeit und Gewalt, Blendung und Fixierung, Projektion und Wahn. Es sind verblüffend ernsthafte Auseinandersetzungen mit dem Thema, gebrochene, häufig etwas surreale, mitunter gar fantastische Geschichten, die die Unmöglichkeit reiner Zuneigung reflektieren. Um das Klischee der liebestrunkenen französischen Literatur zu bedienen, scheinen sie gerade deshalb geeignet, sind sie doch ebenso melancholisch, existenzialistisch und pathologisch wie ihre Vorgänger. Die Liebe ist ohne Schmerz nun mal nicht zu haben, und es bleibt gültig, dass die Literatur – wie das Leben – nur selten glückliche Liebesgeschichten erzählt …

Annette Wassermann

Alice Zeniter
ES KOMMT KEIN SOMMER MEHR

\\\

Kaum habe ich die Hand nach dem Foto ausgestreckt – und nicht wegen Anna-Livia, die man im Hintergrund gerade so ausmachen kann, sondern wegen der Katze und dem Mann mit der Ray-Ban-Sonnenbrille –, als sie sagt:

– Das war der Sommer der Gewitter.

Ihre heisere Stimme erinnert mich an Dialoge aus alten Filmen, die ich als Kind auswendig lernte: Liebeserklärungen, Betrugsgeständnisse, manche schon halb vergessen, andere noch fest im Gedächtnis … »Hören Sie auf zu sprechen, Louis. Sie sind so viel schöner, wenn Sie schweigen.«

Anna-Livia zieht das Foto über die spiegelglatte Oberfläche des Wohnzimmertisches zu sich hin und schaut es lange an.

– Wer ist das? frage ich.

Ich kann die Aufregung in meiner Stimme nicht unterdrücken. Es ist offensichtlich, dass der Mann auf dem Foto D sein muss. Seine lange Gestalt, die Rundung seiner Schultern, seine magere Statur und sein dunkler Bart.

Anna-Livia lächelt mich mit leiser Verachtung an.

Seit dem Beginn unserer Treffen lässt sie mich spüren, dass meine Fragen ihr nicht gefallen oder albern erscheinen. Sie scheint unsicher, ob ich überhaupt in der Lage bin, eine interessante Biografie zu schreiben. Ich habe manchmal selbst meine Zweifel daran. Einerseits, weil mir das Schreiben von Biografien nicht besonders liegt, und vor allem, weil ich überhaupt keine Sympathie für Anna-Livia empfinde.

D hingegen fasziniert mich.

Vor einigen Jahren hatte ich sogar überlegt, ihm meine Abschlussarbeit in zeitgenössischer Literatur zu widmen. Das wäre wohl etwas banal, war die Antwort meines Professors gewesen.

Noch bevor ich auf Wunsch meines Verlegers hin den Auftrag für diese Biografie annahm, hatte ich bereits gehört oder irgendwo gelesen, dass man Anna-Livia eine Affäre mit D nachsagte. Aber da ihr Affären mit vielen Männern nachgesagt wurden, hatte ich nie wirklich daran geglaubt. Außerdem wird sich die Leserschaft dieses Buches ohnehin mehr für ihr Abenteuer mit Belmondo interessieren als für das mit D – ein bekannter Autor gewiss, aber zu experimentell, um wirklich beliebt zu sein. Ein Autor, dessen Werk manche für pornografisch hielten und andere als Literatur für Junkies bezeichneten.

Ich schaue mir das Foto nun verkehrt herum an, da Anna-Livia es vor sich, auf ihrer Seite des Tisches, behalten hat. Auf ihrem Gesicht liegt ein Ausdruck, den ich vorher noch nie gesehen habe. Ein Hauch von Verletzlichkeit. Trauer.

– Wo war das? frage ich sanft und zeige auf die mondartige Landschaft.

– In der Nähe von Manosque, sagt Anna-Livia. Man nennt es die »les mourres«, glaube ich.

Als könne sie Ds Blick nicht ertragen, trotz der Ray-Ban-Sonnenbrille, hinter der er sich versteckt, bedeckt sie das Foto mit ihrer flachen Hand.

– Ich bin nie in die Provence zurückgekehrt, sagt sie.

Ich spüre an ihrer Art, den Satz zu betonen, dass sie mir vielleicht, wenn ich vorsichtig genug bin, wenn ich ihr Zutrauen gewinne, vielleicht etwas erzählen wird, das sie niemandem zuvor erzählt hat. Vielleicht, weil sie Angst vor dem Sterben hat und eine letzte Gelegenheit ergreifen möchte, sich jemandem anzuvertrauen. Vielleicht, weil es sie langweilt, die ewig gleiche Abfolge von Anekdoten zu erzählen. Vielleicht, weil sie beide so schön aussehen, auf diesem Foto in Schwarz-Weiß.

Ich schalte vorsichtig das Diktiergerät wieder ein und warte.

Anna-Livia hatte D im September 1977 in London bei einer Party getroffen, die ein abstrakter Künstler auf dem Dach seines Wohnhauses gab. In derselben Nacht warf sich der Regisseur John Lewen um drei Uhr morgens ins Leere, nachdem er mehrere Pillen LSD geschluckt hatte. Seltsamerweise beteuert Anna-Livia, die Lewen gekannt hatte, dass es niemandem aufgefallen sei. Vielleicht hatte auch einfach niemand daran Anstoß genommen. Die Party ging bis mittags weiter.

Kurz vor Sonnenaufgang hatte Anna-Livia sich auf dem Dach umgeschaut, es war fast völlig leer. Die Gäste verabschiedeten sich nach und nach. Manche hatten sich hingelegt. Andere wiederum waren hinunter in die Wohnung des Malers gegangen, um sich zu lieben oder aufzuwärmen. In diesem Moment sah sie D, der sie über das Dach hinweg anschaute, ohne zu lächeln.

– Natürlich wusste ich, wer er war. Und er wusste, wer ich war. Er begrüßte mich nicht und erzählte mir gleich, dass er gerade *Die Brüder Karamasow* noch einmal las. Er erzählte mir von Dostojewskis Fieber. Er behauptete, es läge am vielen Schnee, dass die russischen Autoren so fieberhaft schreiben könnten. Das russische Fieber und der russische Schnee gehörten zusammen, der Schnee kühle das Fieber ab, beruhige es. Aber im Grunde wisse er nicht, ob der Schnee das Fieber verursache oder ob der Schnee eine unvermeidbare Folge des Fiebers sei.

Sie lacht kurz und trocken.

– Ich bin mit ihm nach Hause gegangen.

Anna-Livias und Ds Liaison dauerte acht Monate, sie war hemmungslos und leidenschaftlich. Er besuchte sie am Filmset. Sie kam zu seinen Lesungen. Als sie mir von diesem

Abschnitt ihres Lebens erzählt, liegt keine Wärme in ihrer Stimme. Ich bin es, die Sehnsucht empfindet.

– Ich kann nicht weitererzählen, wenn Sie so lächeln, bemerkt sie trocken. Sie haben falsche Vorstellungen im Kopf, über D und über mich. Sie malen sich ein legendäres Paar aus. Sie halten das für beneidenswert. Dabei denken Sie an Ihre kleine Wohnung und Ihren Freund, der Buchhalter ist …

– Krankenpfleger, korrigiere ich.

– Und Sie träumen davon, mein Leben gelebt zu haben. Glauben Sie, dass es einen im Alltag voranbringt, ein »legendäres Paar« zu sein? Dass, wenn man nachts weinend aufwacht, das ein Gedanke ist, an dem man sich festhalten kann? Sie sind ein naiver Grünschnabel.

Ich antworte nicht.

Und dann war da die Provence.

Der Himmel platzte mit einer überraschenden Regelmäßigkeit auf, ungefähr jeden Sonntag. Jedes Mal fiel die Temperatur um zehn Grad. Dann stieg sie wieder an, bis sie erneut unerträglich wurde und sich in Blitz und Donner entlud.

So etwas hätten sie noch nie gesehen, sagten die Alten. Und die Jungen wiederholten es voller Schrecken und Bewunderung. (Wohl aus Freude, Zeuge einer einzigartigen Katastrophe zu sein, vermutet Anna-Livia.)

Vielleicht spürte sie damals, trotz all der Dinge, die ihr gefielen (die Aprikosen, der Lavendel, der weiß und rund glänzende Ziegenkäse auf den Marktständen, der Minztee, den die alte Tunesierin in einer engen Straße anbot), vielleicht spürte sie in der Luft, die mit jedem Tag heißer wurde, die Grausamkeit der kommenden Gewitter.

Ich möchte glauben, dass sie es spürte. Anna-Livias Filmografie lässt keinen Zweifel daran, dass sie sich von der Liebe keine falschen romantischen Vorstellungen machte.

Deshalb behaupte ich, während ich das Kapitel über den Sommer zu schreiben beginne, dass sie sie spürte, drückend, heimtückisch, diese Spannung in der Luft, die danach zu verlangen schien, dass man Pistolen aus dem Gürtel zog und in den Himmel schoss. Wie in einem Film über eine mexikanische Hochzeit oder über eine Reise von Tuaregs. Ich frage mich immer wieder, ob ich sie verrate, wenn ich solche Entscheidungen treffe. Beim Erzählen besteht sie darauf, dass sie ihr Leben *gelebt* hat. Dass die Geschichten erst danach kommen. Dass alles, was ich von dem, was sie erzählt, zu verstehen glaube, immer nur Lüge sein wird.

Im Grunde weiß ich gar nicht, ob sie diese Spannung in der Luft spürte.

Ich weiß nur, was sie mir erzählt hat: An jedem Sonntag hat es gewittert.

In der Nähe der kleinen Stadt, in der sie jenen Sommer verbrachte, gibt es einen kleinen See.

Eines Abends schaue ich mir Bilder davon im Internet an. Die dunkle Oberfläche, hier und da durchbrochen von den geradlinigen Spuren der schwimmenden Enten. Ich stelle mir ihren Körper vor, Anna-Livias jugendlichen Körper. Sie war wunderschön (in zwölf Filmen wird sie mit nacktem Oberkörper gezeigt, zählt sie düster auf, und dann ab sechsundvierzig nur noch langärmlige Kleider). Auch seinen Körper stelle ich mir vor.

Jedes Mal, wenn sie von ihm spricht, erwähnt sie, dass er zwei Meter groß war. Auf dem Foto beherrscht seine Silhouette das ganze Bild.

Das Haus in Manosque war alt und kühl. Es gab zwei kleine Terrassen, eine auf jeder Seite, die im Gedränge der Häuser des historischen Zentrums wie Luftlöcher zum Atmen wirkten. Die Einrichtung war überladen und etwas kitschig; zwanzig Jahre alter Schnickschnack war in Steinnischen und auf Fensterbrettern verteilt.

– Ein Porzellanhündchen, beginnt Anna-Livia aufzuzählen, Fische aus Glas, bestickte Tischdeckchen, ein Mexikaner mit fleckigem Sombrero ... Der kleine Hund war rührend, trotz seiner Hässlichkeit. Seine Augen waren sehr sanft.

Am Abend seiner Ankunft hatte D ein mit Notizen versehenes Manuskript aus seinem Koffer geholt und zu schreiben begonnen. Anna-Livia selbst las ein Drehbuch, das ihr Agent geschickt hatte, es war die Geschichte eines Paares, das Skandinavien mit dem Auto durchquert – sie konnte es nicht fassen, dass der Regisseur wirklich sie für die weibliche Hauptrolle im Kopf hatte.

Von Anfang an konnten sie einander nicht eingestehen, dass sie hier waren, weil sie einfach Lust dazu hatten, weil sie zusammen sein wollten.

Sie weigerten sich, das Wort »Urlaub« auch nur auszusprechen.

Sie verwendeten auch nicht die Worte »Liebe«, »Beziehung«, »Zukunft«, »Kinder« (natürlich), »Pärchen« oder auch nur »wir«. Meist sprachen sie von »Literatur«, »Kino«, »Erschaffung«, »Kunst«, »Erzählung«, »Techniken«.

Sie arbeiteten in verschiedenen Zimmern, jeder darauf bedacht, das Stirnrunzeln, die nervösen Handbewegungen und das besorgte Lächeln vor dem Anderen zu verbergen.

– Die meisten Leute denken, eine schöne Frau wird Schauspielerin, weil das ganz einfach ist oder sich zufällig ergibt, sagt Anna-Livia. Sie können sich nicht vorstellen, wie sehr ich meine Arbeit geliebt habe. Dass meine Geduld und mein Einsatz bedingungslos waren. Ich konnte mit meiner Arbeit verschmelzen.

Es fällt ihr schwer, seinen Namen auszusprechen. Als wäre er Teil einer fremden Sprache, die sie nicht mehr beherrscht. Wenn ich abends unsere Gespräche transkribiere, murmele ich seinen Namen ständig vor mich hin, um ihn mir anzueignen, und versuche mir vorzustellen, was es bedeutet hat, diesen Namen für ihn zu flüstern. Zu gern hätte ich D kennengelernt. Ich bin zu spät gekommen.

– Machen Sie sich keine Illusionen, sagt Anna-Livia, er hätte Sie in nur wenigen Wochen zerbrochen. Sie schweigt einen Moment, dann berichtigt sie:
– Sie wären an ihm zerbrochen, er wäre lediglich nicht dazu in der Lage gewesen, es zu verhindern.

Solange er in ihrer Nähe war, konnte sie kein Buch leiden, das ein anderer geschrieben hatte. Unweigerlich kam ihr der Gedanke, dass er es besser geschrieben hätte. Sie hatten Spaß daran, sich über die Bücher lustig zu machen, die ihnen in die Hände fielen.

Sie las ihm Rollenbeschreibungen vor, bei denen die Charaktere unveränderlich schön und wütend waren. Sie betonte die ungelenken Vergleiche, indem sie einen dramatischen Ton aufsetzte: »Gesichter wie Sonnen«, »Augen wie Vulkane«.

– So würde ich deine Augen nie beschreiben, hatte sie gesagt.

Und dann:

– Schreib eine Geschichte über mich.

– Ich kenne dein früheres Leben nicht.

– Erfinde es.

Ich stelle mir die beiden am Ufer des Sees vor, und innerhalb dieser Vorstellung sehe ich manchmal mich selbst an Stelle von Anna-Livia, in ihrem atemberaubenden Körper, dem weiblichen Körper, dem jugendlichen Körper, in dem Körper, den D begehrt. Ich bin ich, und ich bin Anna-Livia. Genau genommen interessiert mich an der Vorstellung, Anna-Livia zu sein, nur die Tatsache, von D begehrt zu werden, und um mir dieses Begehren besser vorstellen zu können, bin ich gleichzeitig Anna-Livia und er. Ich stelle mir vor, wie er von mir-Anna-Livia spricht, wie er mich-Anna-Livia begehrt, ich stelle mir das ununterbrochene Kreisen seiner Gedanken um mich-Anna-Livia vor. In Wahrheit, wenn ich sage, ich würde mir vorstellen, an Anna-Livias Stelle zu sein, dann stelle ich mir nichts von ihr vor, nichts von mir, von ihrem-meinem Innenleben, ich tue nichts weiter, als anzunehmen, ihr Körper wäre auch mein Körper, um darin D zuzuhören und D zu sein, der von diesem Körper träumt, den ich zu Beginn dieser Fantasie zu meinem erklärt habe.

Mitten im Zimmer hatte er seine Arme um sie gelegt und mit ihr zu tanzen begonnen, zu einer Musik, die kaum hörbar von der Place Saint-Sauveur heraufdrang. Ganz langsam. Fast ohne sich zu bewegen. Sie war sich nicht sicher, ob sie tanzten. Sie war sich nicht sicher, ob sie nicht stillstanden. Und dann hatte sie die langsame Bewegung gespürt, mit der sie sich um sich selbst drehten, in dem dunklen Zimmer, in dem die Musik kaum da war.

Seine Augen waren unglaublich sanft.

Ich schaue das Foto an. Sie sind von der Sonnenbrille verborgen.

– Blau, hilft Anna-Livia.

Während ihrer endlosen Drehung hatte sie überlegt, dass er trotz seiner Größe einem jungen Tier glich. Vielleicht einem Löwen. Sie hatte gedacht, dass sie ihn immer beschützen wollte.

– Er schrieb besser als jeder andere, sagt Anna-Livia, das war immer offensichtlich. Er erfand die Literatur neu, ich *spielte* nur gut. Für mich war es ein Handwerk. Er aber war ein Genie. Doch er verausgabte sich mit wahnsinniger Geschwindigkeit. Einmal habe ich zu ihm gesagt: »Du wirst sterben, bevor du fünfzig wirst, und ich werde mit dem Alter immer besser werden.«

Unsere Blicke haken sich über dem niedrigen Tisch ineinander. Der Kaffee in unseren Tassen ist kalt geworden. Ihre Pupillen weiten sich und ziehen sich wieder zusammen, wie zwei Herzschläge.

– Ich wünschte, ich hätte mich geirrt, sagt Anna-Livia leise.

Ich schaue aus dem Fenster einer Amsel hinterher, um ihr Zeit zum Weinen zu lassen.

Je länger unsere Gespräche andauern, desto unruhiger werde ich, sobald andere Themen aufkommen als der Sommer der Gewitter. Und paradoxerweise werde ich dennoch panisch, wenn sie darüber spricht. Ich fürchte den Moment, in dem die Erzählung ihrer Liebe in Gewalt umschlagen wird, in Schmerz, bis hin zu dem Grund, aus dem es Anna-Livia so schwerfällt, über D zu reden.

Als sie eines Abends auf der Terrasse saßen, erzählte er ihr von einer Schildkröte, die Gauguin angemalt hatte und die noch immer über die polynesischen Strände wanderte, ohne zu ahnen, welches Farbspiel sie den Zuschauern bot, eine geniale Komposition aus Wäldern und Frauen mit Früchten, deren Geheimnis nur der Maler kannte.

Er behauptete, mehrere Male nach ihr gesucht zu haben.

– Nächstes Mal möchte ich mitkommen, hatte sie gesagt.

– Natürlich.

– Ehrlichen Sätzen schenkt man kaum Aufmerksamkeit, bemerkt Anna-Livia. Obwohl sie doch so kostbar sind …

Sie lachte viel mit ihm, versichert sie mir, derweil ihr Gesicht inzwischen jedes Lachen vergessen zu haben scheint. Er flüsterte ihr die absurdesten Sachen zu, kleine Kontrapunkte zu ihren langen Gesprächen, die einen anderen Takt anschlugen.

Und das Lachen sprudelte aus Anna-Livia heraus, wie eine Überraschung. Sie lachte, ohne lachen zu wollen und noch bevor sie wusste, dass sie lachte. Sie lachte so laut, dass es Deiche hätte brechen und Steinmauern zum Einstürzen hätte bringen können.

An der Place Marcel-Pagnol, bei dem kleinen Springbrunnen, hatte sie zwei Stunden lang gewartet, obwohl sie dort zum gemeinsamen Aperitif verabredet waren. Sie hatte sich gefragt, ob sie ihm eine Ohrfeige geben würde, wenn er sich an den Tisch setzte, oder ob er tot war. Der Kellner rannte den Servietten und Speisekarten hinterher, die der Wind davonwehte.

D kam schließlich, zitternd, fiebrig, und zum ersten Mal in diesem Sommer trug er die Ray-Ban, die ihn von da an nicht mehr verlassen sollte. Anna-Livia vergaß ihre Wut. Sie fragte:
– Was ist passiert?

Er antwortete nicht. Sie fragte wieder und wieder. Er trank Wein, ohne zu antworten. Als er zu sprechen begann, bemerkte sie eine Träne, die hinter der Sonnenbrille hervorrollte.

Sie war überzeugt davon, dass jemand gestorben sei. Selbst die Tatsache, dass in seiner Erzählung kein Todesfall vorkam, genügte nicht, um sie von dieser Idee abzubringen. Sie war überzeugt, jemand sei tot, weil man (wie sie sagt) genau das denkt, wenn man Tränen sieht.
– Wenn man Tränen sieht, hat man Angst vor dem Tod, denn er ist eine schreckliche, aber allgemeine Angelegenheit.

Es wäre logisch, bei Tränen Angst vor einem tiefen Koma zu haben, einer Amputation oder einem Einbruch.

Das Telefon klingelt im Zimmer hinter uns, Anna-Livia steht auf und geht ran. Als sie wiederkommt, scheint sie vergessen zu haben, worüber wir sprachen. Sie starrt mich an.
– Es war aber niemand gestorben?
– Wie bitte?
– Niemand war gestorben?

Ihr Gesicht verzerrt sich vor Wut.
– Nein, niemand war tot.

Bevor D in diesem Sommer zu Anna-Livia in die Provence fuhr, hatte er mehrere Male mit der Sekretärin seines Verlegers geschlafen, einem jungen Mädchen von neunzehn Jahren, das (Anna-Livia zufolge) noch glaubte, man könne einen Mann an sich binden, indem man nett zu ihm war. Das Mädchen war schwanger geworden. Als sie begriff, dass D nicht vorhatte, bei ihr zu bleiben, als sie begriff, dass D

aufbrechen wollte, um den Sommer mit Anna-Livia zu verbringen, hatte sie damit gedroht, sich umzubringen. Er hatte
sie nicht ernst genommen und die Stadt verlassen.

Das Mädchen (dessen Vornamen Anna-Livia während
unseres Gesprächs nie aussprechen würde) hatte begonnen,
Leute anzurufen, um sie über ihre Affäre zu informieren,
darüber, dass er sie verlassen habe und sie nun sterben wolle.
Sie hatte mit Freunden von D telefoniert, mit Journalisten,
mit militanten Feministinnen, einfach mit jedem, den sie erreichen konnte. D hatte gerade eine Nachricht von seinem
Verleger erhalten, dass es ihr gelungen sei, viele zu überzeugen und auf ihre Seite zu ziehen, und dies drohe – sosehr
der Verleger es auch bedaure – die Veröffentlichung seines
nächsten Buches zu verzögern (oder sie gar zu verhindern,
hatte er verlegen gemurmelt). Sein Büro, erklärte er, *sein
eigenes Büro*, sei gerade von einer Gruppe ›Radicalesbians«
verwüstet worden.

– Wäre sie nicht schwanger, bemerkte D voll Zynismus,
wäre das allen scheißegal. Dann wäre sie nur eine jugendliche
Hysterikerin mehr. Aber da sie diese Drohung ausspricht und
über ihrem zweiköpfigen Wesen schweben lässt, scheint es alle
Welt etwas anzugehen. Ich bin am Ende.

– Wie haben Sie reagiert? frage ich Anna-Livia.

Sie zuckt mit den Schultern.

– Was hätte ich denn machen sollen?

Einen Moment herrscht Stille. Sie gibt mir zu verstehen,
dass das Gespräch beendet ist.

– Ich kann ihn mir nicht weinend vorstellen, gebe ich beim
Gehen zu.

– Er glaubte immer, er hätte nur seine Bücher, erwidert
Anna-Livia. Wenn etwas, das er tat, auf welche Art auch immer, seinem Schreiben geschadet hätte, dann wäre sein Leben
für ihn gänzlich und unwiderruflich gescheitert.

Irgendwann mitten in der Nacht kam der Mistral-Wind auf. Ein ständiges Rütteln an den Ziegeln. Ich stelle mir die beiden vor, in einem riesigen Bett, in dem sich ihre Körper dennoch zu nahe sind.

Sie: Ist sie hübscher als ich?

Er: Das ist unmöglich.

Sie verließen Manosque und das alte Haus. Den Rest des Sommers reisten sie von Stadt zu Stadt. Als wäre seit diesem Bekenntnis kein Verbleib mehr möglich.

– Wie ein Gedicht von Victor Hugo, sagt Anna-Livia.

Und sie rezitiert mit ihrer wundervollen Stimme: *Aus der düstren Himmel Tiefe wendet er den Blick nach oben / und sieht ein Auge, weit geöffnet in der Finsternis, / das aus dem Schatten ihm entgegenstarrt, und er mit einem Zittern sagt: »Ich bin zu nah.«*

Sie gingen in Marseille über eine Straße, vorbei an einer Kirche aus schwarzem und weißem Marmor, einem maurischen Gebäude, ein so schöner Bau, dass man ihn nicht dort stehen lassen wollte, neben dem Hafen, wo die Autos ihn fast streiften, als er sagte:

– Ich hatte recht. Ich habe es gespürt, als ich noch ein Jugendlicher war. Jahrelang konnte ich den Frauen nicht trauen. Als ich älter wurde, glaubte ich, ich sei frauenfeindlich, und wollte mich verändern. Aber das ist unmöglich, wenn man sich überlegt, was sie tun.

– Was dachtest du über die Frauen, als du jung warst? fragte Anna-Livia.

Sie wollte nicht, dass er wieder von dem Mädchen sprach. Sobald er mit diesem Thema anfing, schien er zu vergessen, dass er sie betrogen hatte und dass auch sie sich durch dieses Geschehen verletzt fühlte (empört und beschämt, korrigiert Anna-Livia, das habe ich immer gedacht. Wie eine Figur Dostojewskis).

– Ich glaubte ihnen nicht, begann D zu erklären. Sie spielten vor mir die Sanften, sprachen von der Liebe, aber wenn man von der Evolution ausgeht, wenn man der Biologie glaubt, dann sind sie auf Alpha-Männchen programmiert. Und ich dachte: Was sie auch sagen oder sein wollen, das Einzige, was ihnen gefällt, was sie wirklich heißmacht, ist ein Arschloch, aggressiv und erfolgreich, also sagte ich mir: Verpiss dich mit deinen Liebeserklärungen, mit deinen Versprechen, denn – eigentlich, eigentlich – ist das Mitleid. Verpiss dich. Und lass dich von einem dieser Typen ficken, das wäre zumindest ehrlich.

– Sprich nicht so, flehte Anna-Livia ihn mitten auf dem Gehweg an.

– Wie denn? Überrascht blieb auch er stehen. Er schaute in ihr bleiches Gesicht, ohne zu begreifen.

– So, wie du das gerade gesagt hast. Merkst du denn nicht, wie aggressiv du bist? Und beleidigend. Ich bin auch eine Frau. Ich fühle mich gehasst.

– Aber so war es, sagt Anna-Livia, er hasste die Frauen. In jenem Augenblick im Sommer hasste er die Frauen.

Sie bemerkte – ohne es zu wollen, es absichtlich zu wollen –, dass es ihn manchmal nicht zu interessieren schien, ob es ihr gefiel, wenn sie sich liebten. So war es vorher nicht gewesen. Er drang ohne jedes Vorspiel in sie ein, nur einen Finger schob er vorher zwischen ihre Beine, als wolle er sich des Weges vergewissern, danach zog er sich stöhnend aus ihr zurück und verschwand unter der Dusche (um nicht, sagte er, in jenen halbkomatösen Zustand zu verfallen).

Sie blieb alleine im Bett.

Einmal brachte sie sich selbst zum Höhepunkt, während er unter der Dusche war. Es war das erste Mal, dass sie das tat.

– Normalerweise langweilt mich das eher, kommentiert sie mit tonloser Stimme.

Als ich abends das Gespräch transkribiere, kann ich diesen Abschnitt ihrer Erzählung nicht aufschreiben. Ich entscheide, ihn nicht in die Biografie aufzunehmen.

In Rom sagte sie zu ihm:
– Wenn mein Schmerz für dich ein Schauspiel ist, das dich langweilt, anstatt in dir den Wunsch zu wecken, mich zu trösten und zu beschützen, dann weiß ich nicht, nein … dann weiß ich wirklich nicht, was wir noch voneinander wollen.
Er neigte leicht den Kopf zur Seite und schob die Unterlippe nach vorne.
– Du hast recht, gestand er widerwillig.
Entschuldige bitte, ich kann mich nicht konzentrieren.

Vor dem San Calisto hatte ein alter Mann mit vom Tabak vergilbtem Schnurrbart seinen Hut genau in die Mitte eines kleinen runden Tisches gelegt. Junge Männer mit weißen offenen Hemden und mit gegelten Haaren aßen an die Hecke gelehnt *gelati artigianali*.
Er sagte:
– Nur die Italiener trauen sich, ihr Eis auf so offensichtlich sexuelle Weise zu schlecken, ohne sich dabei auch nur das kleinste bisschen zu schämen.
Sie waren nicht mehr in der Lage, den Moment zu genießen. Der vergangene Streit und der bevorstehende Streit – denn sie wussten ganz genau, dass sie keinen Tag mehr verbringen würden, ohne sich wehzutun –, dieser Streit, der sich bereits am Himmel abzeichnete, machte sie stumpf.
Sie sagte leise:
– Vielleicht hätten wir lieber nach Berlin gehen sollen. Ist es in Berlin im Sommer genauso heiß?

Eines Abends schließlich lief sie davon, ließ ihn alleine zurück ins Hotel gehen. Sie irrte ziellos umher, durch die immer noch stickige und staubige Abendluft. Später fand sie ihn an der

Rezeption des Hotels wieder, wie er verrückt vor Sorge versuchte, den Nachtwächter zu überreden, die Polizei zu rufen.

Er zerdrückte sie beinahe an seiner Brust, als er sie in die Arme nahm.

– Du kannst nachts nicht einfach so alleine losgehen in einer unbekannten Stadt, flüsterte er ihr ins Ohr. Egal, was ich getan oder gesagt habe, das dich verletzt hat. Du darfst mich nicht einfach so zurücklassen mit dem Gedanken an eine Entführung oder eine Vergewaltigung, an deine Ermordung oder dein Verschwinden oder der Vorstellung, dass du dich verirrst und deinen Weg nie mehr wiederfindest, mit der Vorstellung, dass ein Penner dich beleidigt oder nur, sei es nur der simple Gedanke, dass ein Mann nach Feuer fragt, mitten in der Nacht, in einer unbekannten Stadt, und dass dieser Mann dich erschreckt, obwohl er nur um ein Feuerzeug bittet, um seine Zigarette anzuzünden – seine Zigarette, die er wirklich in der Hand hat, gar keine Frage, er möchte dich natürlich nicht erschrecken –, dass er dich erschreckt, dir einen Schauer über den Rücken jagt und du auf deinem Rückweg an all die Dinge denkst, die *hätten* passieren können, und an all die Dinge, die ich nicht hätte verhindern können.

In dieser Nacht schliefen sie Arm in Arm, so eng beieinander, dass es fast schien, als könnten sie sich ihre Liebe gestehen.

In Turin tranken sie Kaffee auf den unzähligen Plätzen der Stadt. Sie kauften alte Bücher, die sie nie lesen würden, bei einem Antiquariat, dessen Laden an das Gebäude grenzte, in dem Nietzsche gelebt hatte.

Jeden Abend ging er in die Lobby des Hotels hinunter und telefonierte lange mit seinem Verleger. Er wollte auf dem Laufenden bleiben. Dem Mädchen war es anscheinend gelungen, die Presse auf sich aufmerksam zu machen. Die feministische Aktivistin Ellen Willis forderte ein Gerichtsverfahren.

– Ellen Willis würde mir gerne die Eier abschneiden. Darum geht es doch eigentlich.

Wenn er ins Zimmer zurückkam, um sich hinzulegen, war er völlig außer sich vor Angst und Wut. Wenn er nach oben kam (erzählt Anna-Livia), war er jedes Mal in einem Zustand, in dem er nicht schlafen konnte. Er wälzte sich immer wieder von einer Seite auf die andere.

Manchmal wachte Anna-Livia auf und versuchte, mit ihm zu sprechen.

Manchmal vergrub sie den Kopf unter ihrem Kissen und tat so, als gäbe es ihn nicht.

Eines Morgens, als sie die Augen aufschlug, war er einfach nicht mehr da.

– Ich habe ihm um sechs Uhr morgens ein Taxi bestellt, erklärte der Hotelangestellte hinter dem Tresen aus Gold und Marmor.

Sein Blick vermied höflich den Kontakt zu Anna-Livias geschwollenen Augen. Seine Augen taten so, als wüsste sie über diese Abreise Bescheid, selbstverständlich, als wäre sie nicht *verlassen* worden.

Allein in der Schönheit Turins. Man kann sich nichts Erdrückenderes vorstellen. Reiterstatuen und Schlösserfassaden.

Manchmal sollten Städte einstürzen. In ihren Ruinen wäre der Kummer an seinem Platz. Er erschiene gewöhnlich.

– Es ist schrecklich, sagt Anna-Livia, ein solches Leben gelebt zu haben, alles getan zu haben, um Klischees zu vermeiden, nur um ihnen schließlich doch zum Opfer zu fallen. Wie hässlich das doch alles ist ... Er hat sie einige Monate später geheiratet. Eine kleine 19-Jährige, die wahrscheinlich nicht mal wusste, wo ihre Muschi ist.

Das ist das erste Mal, dass sie ein so vulgäres Wort benutzt.

– Bewundern Sie ihn immer noch? fragt sie schroff. Finden Sie ihn immer noch wunderbar?

Sie hält die Tasse in ihrer Hand so fest, dass die Knöchel weiß hervortreten. Ihre Hände, fällt mir auf, verraten ihr Alter, die verzweigten Venen, die bräunlichen Flecken.

Ich weiß nicht, was ich sagen soll. Ich schüttele wenig glaubhaft den Kopf.

– Was? schreit sie fast. Also ist es meine Schuld, ja? Ich bin es, die betrogen wurde, ich bin es, die man verlassen hat, und trotzdem bin ich die Schuldige!

– Natürlich nicht.

Sie starrt mich mit kalter Wut an. Ich weiß nicht, was ich antworten soll, um sie zu beruhigen.

– Oh doch, stößt sie hervor, ich habe schon verstanden. Welch dumme Idee war es doch, nicht neunzehn Jahre alt zu bleiben!

Ich sage nichts. Mit einem halb erstickten Wutschrei lässt sie daraufhin die Tasse fallen und stürzt aus dem Raum. Ich beobachte, wie die bunten Fäden des Perserteppichs den Kaffee langsam aufsaugen.

In der Woche darauf sprechen wir über anderes. Über ihr Studium am Konservatorium, darüber, wie sie zum Film kam. Wie sie sich Notizen am Rand aller Drehbücher machte, die sie geschickt bekam, egal ob sie die Rolle annahm oder nicht.

Sie sieht, dass diese Themen mich langweilen, und ich glaube, sie hat Vergnügen daran, sie bis ins Detail auszuführen. Am Ende jedes Treffens sagt sie: »Das war schön, nicht?«, mit höflicher, zurückhaltender Stimme, aber ich spüre die Ironie darin.

Am letzten Tag ertrage ich es nicht länger. Ich sage:

– Sie müssen die Geschichte schon zu Ende erzählen!

– Welche? fragt sie, als wisse sie nicht, worum es geht.

– Die Geschichte des Sommers der Gewitter.

–Was wollen Sie denn noch wissen? Es gibt wirklich nichts mehr hinzuzufügen …

In der folgenden Nacht ruft sie mich an, um kurz vor zwei Uhr morgens. Noch im Halbschlaf hebe ich den Hörer ab.

– Kommen Sie, sagt sie.

Ihre Stimme klingt geschwollen und von Schluchzern verzerrt. Tastend suche ich meine Kleidung.

Als ich bei der Villa ankomme, brennt überall Licht. In dieser Lawine aus Gold, unwirklich im Dunkel der Nacht, wirkt Anna-Livia winzig. Sie gibt mir ein Zeichen, mich zu setzen.

Am 2. Mai 1992 stirbt D bei einem Autounfall auf einer Küstenstraße in ich-weiß-nicht-welchem skandinavischen Land. Sein Fahrzeug durchbricht die Schutzplanken und zerschellt unten auf den Felsen.

Anna-Livia gibt vor, etwas Abgeschiedenheit zu brauchen, um eine Rolle zu lernen, und lässt sich heimlich drei Tage lang in eine Privatklinik einweisen. Dort bekommt sie Medikamente, damit sie ohne Unterbrechung schlafen kann.

– Ich verbiete Ihnen, das aufzuschreiben, fügt sie hinzu.

–Warum erzählen Sie es mir dann?

– Das ist mein Geschenk an Sie, antwortet sie. Um Ihnen für Ihre unerschütterliche Loyalität ihm gegenüber zu danken.

Sie rührt ihren Tee mit einem muschelförmigen Löffel um.

Ich sage ihr, dass ich schlafen muss. Sie bittet mich zu bleiben, und so verbringe ich die letzten Stunden der Nacht in ihrem Sessel.

Am Morgen ist sie abweisend, unfreundlich. Als wäre nichts vorgefallen. Oder als wünschte sie, dass dies nie passiert wäre zwischen uns, und als mache sie mich allein dafür verantwortlich.

Auf den Stufen vor ihrem Haus geben wir uns kurz die Hand. Ich spüre, wie ihre Ringe mir die Haut zerkratzen. Wir wissen beide, dass wir uns nicht wiedersehen werden.

Eine Woche später kommt ein Brief von Anna-Livia in einem blauen Umschlag. Ich gehe davon aus, dass sie mir verbieten möchte, einige der vertraulichen Geständnisse aufzuschreiben, und öffne ihn nicht. Ich vergesse ihn am Rand des Tischs. Ich werde schreiben, was ich will.

– Wer ist das? fragt mein Freund eines Abends.

In seiner Hand hält er das Schwarz-Weiß-Foto, auf dem D eine Katze streichelt, sein langer magerer Körper ist vornübergeneigt, und seine Augen, deren Zärtlichkeit ich nie kennenlernen werde, sind von den Gläsern der Ray-Ban-Sonnenbrille geschützt, die jeden Einblick in seine Gefühlswelt verwehrt. Sein Gesicht ist durch diese Sonnenbrille verschlossen, so wie man die Tür eines unordentlichen Zimmers verschließt, während Anna-Livia, im Hintergrund auf einem weißen Stein sitzend, ihren ganzen Körper einem Sonnenstrahl entgegenstreckt, der auf die steinige Landschaft fällt. Die Überbelichtung lässt ihr Gesicht verschwinden – eine merkwürdige Leere auf dem Bild, ein weißer Fleck, strahlend und ohne Umriss, im weißen Licht dieses Sommers der Gewitter.

übersetzt von Marie-Luise Guhl

Arthur Brügger
TROMPE-L'ŒIL

\\\\\

24. Dezember. Es ist kalt und windig, es ist Heiligabend. Lichterketten funkeln in den Schaufenstern der Geschäfte, die Menschen schlängeln sich im Zickzack durch die Menge, außer Atem, beladen mit bis obenhin gefüllten Taschen … Ich allerdings habe leere Hände, ich gehe nach Hause.

Ich würde nicht sagen, dass ich Weihnachten nicht mag, eher, dass ich mich daran gewöhnt habe, es macht mir nichts mehr aus. Aber ich erinnere mich, als ich klein war, da mochte ich es, wenn meine Eltern Sockengirlanden aufhängten und einen Adventskalender bastelten, mit einem kleinen Geschenk für jeden Tag, das half mir, geduldig zu bleiben und jeden Morgen guter Dinge aufzustehen. Heute bin ich natürlich zu alt dafür, ich lebe allein.

Ich habe keine Socken mehr.

Ich gebe den Türcode ein und betrete den Hausflur. Dieser Code wurde vor zwei Monaten eingerichtet, das nervt mich, denn jedes Mal habe ich das Gefühl, beweisen zu müssen, dass ich wirklich bei mir wohne. Und diese aufgezeichnete Frauenstimme bringt mich wirklich bald zum Kotzen: »Sie können eintreten.« Danke, ich weiß. Ich habe mir angewöhnt, ihr zu antworten.

Ich brauche ja wohl auch jemanden, mit dem ich sprechen kann.

Bei mir, in meiner kleinen Zweizimmerwohnung, habe ich mir auch angewöhnt, mit den Dingen zu sprechen. Das ist mir nicht peinlich, ganz im Gegenteil. Je mehr ich darüber nachdenke, desto lieber sind mir Gegenstände als Menschen in sozialer Hinsicht: Sie haben den unglaublichen Vorteil, nicht antworten zu können. In meiner Küche, zum Beispiel, spreche ich mit den Kacheln.

Heute Abend, wie jeden Dienstagabend, mache ich mir einen Teller mit aufgewärmten Asia-Nudeln, den ich um sieben Uhr fünfundvierzig esse. Ich habe mir angewöhnt, am Dienstagabend um sieben Uhr fünfundvierzig zu essen, denn danach, um zwanzig Uhr dreißig, schaue ich meine Serie im Fernsehen. Wenn es eine Sache gibt, die ich überhaupt nicht ausstehen kann, ist das, eine Episode zu verpassen. Vergangene Woche wurde die Serie wegen eines Fußballspiels auf Mittwoch verschoben, was wirklich gar nicht geht, weil am Mittwoch ja mein Computerspiel-Abend ist. Ich habe ihnen einen Brief geschrieben, diesem blöden Sender, um sie über meinen Ärger in Kenntnis zu setzen. Keine Antwort. Aber heute Abend gibt es keine Programmänderung. Also esse ich um sieben Uhr fünfundvierzig, weder früher noch später, Dienstagabend, bevor ich meine Lieblingsserie gucke.

25. Dezember. Am nächsten Morgen wache ich auf, und wie jeden Morgen nach dem Kaffee gehe ich die Post holen. Ich weiß, dass das nichts bringt, insbesondere, da ich praktisch nie Post bekomme, aber ich verspüre weiterhin den Drang nachzuschauen. Und dann, von Zeit zu Zeit immerhin, freue ich mich, wenn Werbung oder eine Rechnung in meinen Postkasten geflattert kommen. Heute frage ich mich, ob der Fernsehsender mir endlich geantwortet hat.

Überraschung: Der ersehnte Umschlag ist da, ist aber nicht allein. Daneben liegt ein Päckchen aus braunem Karton, nicht sehr groß, aber trotzdem, ein Päckchen. Ich zögere und bin einige Sekunden unschlüssig, ich schaue auf den Briefkasten, dort steht tatsächlich »…, 2. Stock«, und das bin ich (irgendwelche Lausebengel haben das Schildchen mit meinem Namen weggekratzt).

Bist du sicher, dass du nicht falsch zugestellt wurdest, frage ich das Päckchen. Da es nicht antwortet, gehe ich von einem »Nein« aus, hebe es vorsichtig hoch und nehme es mit zu mir. Ich lege es auf den Tisch, schalte das Radio an, nehme eine Schere zur Hand. Die Stimme der Moderatorin wünscht fröhliche Weihnachten, und da erinnere ich mich wieder, dass ja heute Weihnachten ist.

Vielleicht ist das Päckchen ein Geschenk?

Bei diesem Gedanken läuft es mir kalt den Rücken hinunter. Wer könnte es geschickt haben? Es steht kein Absender drauf ... Ich entscheide, zuerst den Brief des Fernsehsenders zu öffnen. Den Absender erkenne ich am Logo auf dem Briefumschlag. Ich lese: »Sehr geehrter Herr ..., wir bitten Sie freundlichst, die durch unsere unerwartete Programmänderung verursachte Störung zu entschuldigen, und hoffen, dass Sie uns dies nachsehen werden. Bei dieser Gelegenheit möchten wir Sie darauf hinweisen, dass alle unsere Programme auch im Internet zugänglich sind! Beigefügt schicken wir Ihnen einen Katalog mit unseren Angeboten. Warum wechseln Sie nicht zum Satelliten-Fernsehen? Wir wünschen Ihnen frohe Festtage und verbleiben mit freundlichen ...« Blablabla. Unverzeihlich. Das war zu erwarten.

Aber ich habe nicht genügend Energie, um mich aufzuregen, denn nun liegt ja dieses Päckchen vor mir. Nach einer halben Stunde intensiven Nachdenkens beschließe ich, mein Herz in die Hand zu nehmen, genauso wie die Schere, und dieses verflixte Päckchen zu öffnen. Was für ein Pech! In einem Päckchen kann sich ein nächstes verstecken. Die Verpackung enthüllt eine Geschenkschachtel, leuchtend rot, mit einem goldenen Band. Kein Brief, keine Nachricht, nichts.

Ich atme schwer. Nun, ich habe begonnen, dann muss ich es auch zu Ende bringen. Ich ziehe am Band, welches sich von selbst löst, zerreiße das Papier und entdecke ... eine weiße

Schachtel. Wann ist das endlich zu Ende? Langsam fange ich an, den Scherz geschmacklos zu finden, wenn es überhaupt einer ist. Wer spielt da so mit meinen Nerven?

Und während ich mich voller Entsetzen darauf einstelle, in der weißen Schachtel eine weitere verfluchte Schachtel zu finden, was weiß ich, eine rote, blaue oder ockerfarbene, da stoße ich auf ... ein Paar Socken.

Ich starre sie an, mit aufgerissenen Augen. Es sind rote, gestrickte Socken, eigentlich eher Hausschuhe, aus dicker Wolle und ziemlich lang, kurzum ein wirklich lächerliches Paar Socken. Wer könnte mir denn so was geschickt haben?

Verzweifelt suche ich, zwischen den Schachteln, dem Geschenkband und sogar in den Socken selbst, nach einem Hinweis, einer Nachricht, was weiß ich! Irgendetwas, woraus ich schließen könnte, wer mir so etwas angetan hat.

Da ich nichts finde, setze ich mich hin, und wie immer, wenn mir etwas Seltsames passiert, fange ich an, mich auf meinem Stuhl vor- und zurückzuwiegen, sehr schnell, und atme keuchend. Mein Arzt hat mir gesagt, das seien Panikattacken. Ich habe ein Medikament dagegen. Das nehme ich, und es geht besser. Aber die Socken sind immer noch da.

26. Dezember. Ich habe gestern den ganzen Tag abgewartet und überlegt, was ich mit diesen verdammten Socken anstellen soll. Schließlich habe ich entschieden, sie zu tragen. Heute Morgen habe ich sie also angezogen, dann meinen Kaffee getrunken und bin die Post holen gegangen. Ausnahmsweise beruhigt es mich, dass der Kasten leer ist, ich habe genug Überraschungen an einem Tag erlebt, vorerst reicht's.

Ich beschließe hinauszugehen. Ich muss einkaufen, heute Abend werde ich Rocco-Ravioli essen, das sind Ravioli mit Tomatensauce aus der Dose, die ich im Ofen mit etwas geriebenem Käse überbacke, aber ich habe keinen geriebenen Käse mehr. Ich glaube, dass heute ein gewöhnlicher Donnerstag wird.

Doch ein paar Stunden später, abends, esse ich keine Rocco-Ravioli und habe noch nicht einmal geriebenen Käse gekauft. Ich bin mit einer Frau zusammen, sie heißt Sophie, und ich verstehe immer noch nicht, warum sie da ist, warum sie und ich zusammen sind und durch welches Wunder ich bei ihr zu Hause gelandet bin.

Ich druckse herum, erzähle nur Blödsinn, wie immer, wenn ich gestresst und in weiblicher Gesellschaft bin (was ohnehin fast nie vorkommt), und dennoch scheint sie an meinen Lippen zu hängen, sie lacht, sie findet mich toll. Plötzlich küsst sie mich.

Mein erster Kuss. Er ist weich, er ist heiß, er ist nass.

Ich komme mir wie ein völliger Anfänger vor.

Du küsst so gut, sagt sie, als unsere Lippen sich voneinander lösen. Ich antworte »ach wirklich«. Ich habe Lust auf dich, sagt sie. Ich schwitze. Es fühlt sich komisch an, denn du bist ich und ich bin du.

Und dann, ohne dass ich begreife, wie mir geschieht, liegen wir in ihrem Bett. Es geht viel zu schnell, aber ich denke nicht mehr, auf einmal bin ich unglaublich erregt, es ist anders, es ist viel besser als in den Träumen, die ich normalerweise habe, hier und heute wirkt es auf fantastische Weise real. Aber es kann nicht sein. Ich lasse mich mitreißen, denn ich bin überzeugt davon, dass das hier nicht wahr sein kann. Ich streichle ihre Brüste, wir sind fast nackt. Sie zieht mir meine Socken aus. Meine Socken! Ich hatte sie völlig vergessen.

Und jetzt.

Jetzt.

Jetzt, tatsächlich, wird mir bewusst, dass ich nicht ganz Unrecht hatte. Nur dass der Traum gewöhnlich mit dem Aufwachen endet, und beim Aufwachen ist die Frau dann nicht mehr da. Doch jetzt.

Jetzt sitzt sie mir gegenüber und starrt mich mit einer Mischung aus Ekel und Verständnislosigkeit an. Kaum hatte sie mir die Socken abgestreift, stieß sie mich brutal von sich, und ich fiel auf den Boden. Dann zog sie die Decke bis zu ihrem Kinn, schrie auf und fragte: »Was zum Teufel machst du hier?« Ich versuchte, es ihr zu erklären, stammelte, schwitzte, zog mich wieder an, rannte aus der Wohnung.

27. Dezember. Habe den Morgen damit verbracht, die roten Socken anzustarren und mich zu fragen, ob das, was ich erlebt habe, wirklich und wahrhaftig passiert ist. Ich kann mich an jedes Detail viel zu gut erinnern, als dass es Einbildung sein könnte. Und doch. Rote Socken, die unwiderstehlich machen. Rote Socken. Stricksocken. Die unwiderstehlich machen!

Wenn ich darüber nachdenke, war das auch nicht das einzige seltsame Ereignis gestern. Dieser Mann, dem ich auf der Straße begegnete und der mich anrempelte. Das passiert ohnehin öfter. Ich war mit den Gedanken ganz woanders. Normalerweise höre ich dann »Pass mal bisschen auf, du Idiot!« oder etwas Ähnliches. Aber nein. Der Typ drehte sich um, schaute mich wütend an und änderte, in Sekundenschnelle, völlig sein Verhalten. Er entschuldigte sich, nein wirklich, ich wollte nicht, blablabla. Im ersten Moment verstand ich das gar nicht. Auch die Frau in der Apotheke hat mich noch nie so offen angelächelt. Und die beiden Mädchen, die auf einer Bank saßen, ich wurde rot, und sie folgten mir, ich dachte, sie wollten sich über mich lustig machen, ein komisches Gefühl, als wären wir auf einen Schulhof zurückversetzt worden, aber nein, eine von ihnen hieß Sophie, und dann …

Plötzlich wird mir die unermessliche Macht dieser Wollsocken, die ich bekommen habe, bewusst. Denn ja, zweifellos sind es die Socken, es sind auf jeden Fall die Socken, es kann nichts anderes sein als die Socken. Nach dem ersten Entsetzen, dem gewohnten Vor- und Zurück-Schaukeln auf meinem Stuhl (Panikattacke, sagt mein Arzt), dem Einnehmen der Tablette, wird mir langsam klar, was diese Socken mir bringen könnten. Lächelnd sehe ich unvermittelt eine ganze Welt vorüberziehen, eine Welt, in der meine Freunde nicht nur in Videospielen leben oder im Chat-Forum. Eine Welt, in der ich derjenige wäre, der angeschaut wird, und nicht derjenige, über den alle sich lustig machen. Eine Traumwelt.

Von diesen Gedanken bekomme ich eine Gänsehaut am Rücken. Ich habe keine Lust. Mein Leben passt mir sehr gut, ganz genau so, wie es jetzt ist. Ich will nicht, dass es sich ändert, es gefällt mir gar nicht, dass es sich ändert.

Ein Bild entsteht vor meinem inneren Auge. Ich will es wegschieben, es tut mir weh, ich hatte es schon so lange nicht mehr gesehen, versteckt im hintersten Winkel einer Schublade, die ich nie wieder öffnen wollte. Doch, es gibt vielleicht eine Sache. Eine einzige Sache, die ich ändern könnte, die ich ändern möchte.

Ich gehe ins Schlafzimmer und öffne den Schrank. Ganz unten liegt eine verstaubte Schachtel. Ich nehme sie heraus, wische mit der Hand über den Deckel, niese, öffne sie und nehme ein Fotoalbum heraus. Mein einziges Fotoalbum, das mit allen Klassenfotos. Sechste Klasse. Da ist sie, direkt hinter mir: Émilie.

28. Dezember. Ich nehme das Telefon, ich lege es wieder hin, ich nehme es wieder und wähle die Nummer aus dem Telefonbuch. Es klingelt, ich lege auf, ich fühle mich dumm, ich schaue auf meine Füße, gehe sicher, dass die roten Socken fest sitzen, wähle noch einmal die Nummer, es klingelt wieder.

»Ja?«, sagt eine Stimme am anderen Ende der Leitung.

Ich stammele etwas, weiß gar nicht, was ich gerade sage, sie scheint mich aber zu verstehen.

Wir reden. Also ich meine, sie spricht, und ich nuschele undeutliche Antworten.

Sie möchte gern etwas mit mir trinken gehen, »um von den guten alten Zeiten zu sprechen« (habe ich sie wirklich gerade gefragt, ob wir zusammen etwas trinken gehen?).

Ich habe gar keine Lust, etwas zu trinken, eigentlich nur, sie zu sehen. Ich sage »ja, super, bis dann«, mein Atem geht schwer, ich lege auf. Das Telefon liegt auf dem Tisch, und ich wiege mich auf meinem Stuhl vor und zurück.

5. Januar. Ich verstehe immer noch nicht wirklich, was mir gerade passiert, was ich seit einer Woche erlebe, aber ich weiß, dass ich noch nie so glücklich war.

»Ich habe Lust auf dich«, hat sie gestern Abend zu mir gesagt. Komisches Gefühl, das war das zweite Mal in meinem Leben, dass ich diesen Satz hörte, und das innerhalb einer Woche. Aber dass sie es sagte, war anders. Ich wurde überall warm. Ich fühlte mich seltsam, schwitzte überall. Ich kam mir unfähig vor, aber sie schien das anders zu sehen. Was ich am schönsten fand, war nicht der Akt an sich, es war eher ihr Blick, ihre Art, mich anzuschauen, und außerdem mich selbst zu hören, wie ich »ich habe Lust auf dich, ich habe Lust auf dich« sagte. Ich möchte, dass sie diesen Satz wieder und wieder sagt. Und das war es, genau das: du, du warst ich, wir waren alle beide, nur wir beide. Seit einer Woche erlebe ich das, was ich anderen vorbehalten glaubte, wovon ich so sicher war, es niemals selbst zu erfahren. Ich war nicht traurig gewesen, es fehlte mir nichts, ich merkte es ja gar nicht. Doch jetzt, wo ich es spüre, wo ich sehe, wie es ist, mit ihrem Kopf an meiner Schulter aufzuwachen, im Bett zu bleiben, einfach um im Bett zu bleiben, ganz egal, ob es eine halbe Stunde später als gewöhnlich ist. Scheiß auf die Gewohnheit, sie war wirklich lange genug meine Gefährtin.

Ich sitze auf meinem Bett, warte, dass sie aufwacht, es ist das erste Mal, dass sie mit zu mir gekommen ist. Ich schaue sie an, sie ist so schön, mit ihren dunklen Haaren, ihren herzförmigen Wangen, ihren Ohrringen, die sie zum Schlafen nicht abgenommen hat, ihrem Armreif, der sie nie verlässt, ihrem Seidenschlafanzug, ihren geschlossenen Augen. Ihr Mund ist ein wenig geöffnet. Trotz meiner Glücksgefühle habe ich ein bisschen den Eindruck, nicht hierherzugehören, ein Hochstapler zu sein, jemand anderem sein Leben gestohlen zu haben. Ich schaue auf meine Füße. Ich habe sie nicht ausgezogen. Ich habe alle möglichen Ausreden vorgeschoben, behauptet, dass mir kalt sei, und sie hat sich ein bisschen über mich lustig gemacht, aber egal. Sie hat akzeptiert, dass ich sie anlasse, und das allein zählt.

Ich schaue die Socken an und fange an, sie zu hassen, ich habe das Gefühl, dass sie mich lenken, mich triumphierend anschauen und daran erinnern, dass ich nichts mit dem zu tun habe, was mir gerade passiert, dass ich immer noch dieses erbärmliche und einsame Etwas bin. Ich versuche, mich selbst davon zu überzeugen, dass es sie nicht gibt, aber ich sehe sie, sie sind da und starren mich an. Ich starre angeekelt zurück. Aber ich kann mir nicht erlauben, sie auszuziehen. Ich kann nicht. Ich brauche sie. Sonst wird sie mich verlassen, das weiß ich.

21. Januar. Sie verlassen mich nicht mehr. Meine Socken und Émilie. Manchmal habe ich den Eindruck, dass sie ein und dieselbe Sache sind, dass dies alles nur eins von zigtausend Hirngespinsten, nur eine ausgedachte Liebesgeschichte ist. Aber dieser Gedanke kommt mir gleich albern vor, sie ist viel zu unglaublich, als dass ich sie hätte erfinden können, das hätte ich nie hinbekommen.

Es ist Dienstagabend. Gestern habe ich erfahren, dass Émilie, tatsächlich, genau dieselbe Serie schaut wie ich! Ich wollte es ihr nicht sagen, es war mir etwas peinlich. Doch dann hat sie erzählt, dass sie diese Serie guckt, und ich habe geantwortet »ich auch«. Da haben wir beide gelacht, denn wir hatten schon einige Episoden verpasst, und sagten »ich liebe dich«. Heute Abend essen wir also um sieben Uhr fünfundvierzig, und um zwanzig Uhr dreißig kuscheln wir uns unter eine Decke auf dem Sofa und schauen unsere Serie. Es ist noch schöner, zu zweit zu gucken.

22. Januar. Heute Morgen habe ich meine Socken ausgezogen. Wir waren gerade beim Frühstück. Und ich konnte der Versuchung nicht widerstehen, so lange war das Verlangen schon da, ich wollte es wissen. Komisches Gefühl, meine nackten Füße auf dem Küchenboden zu spüren. Ich war sehr vorsichtig, damit sie es nicht sah.

Alles scheint normal. Sie reagiert nicht. Sie isst ihr Müsli. Mein Herz schlägt bis zum Hals. Sie schaut mich an, sie lächelt, und dann hebt sie ihre linke Augenbraue – nur die linke. »Bist du sicher, dass alles gut bei dir ist, du machst so ein komisches Gesicht«, sagt sie, woraufhin ich, panisch, meine Socken wieder anziehe. Nein, nein, alles gut, lächle ich, und sie küsst mich in den Mundwinkel.

Ich wage nicht, sie noch länger auszulassen, sie hätte gemerkt, wer ich wirklich bin, oder eher, wer ich nicht bin. Diese blöden Socken haben mich verwandelt, ich weiß selbst gar nicht mehr, wer ich bin. Vielleicht habe ich mich gar nicht verändert, vielleicht ist es nur der Socken wegen.

Ich schaffe es nicht, alles klar zu sehen. Ich schaue sie an und merke, dass auch sie mich anstarrt, lächelnd. Sie stützt sich auf ihre Ellenbogen und hält ihr Gesicht in den Händen. Mir fällt ihr Armreif auf, den sie immer trägt. Ich frage, warum sie ihn nie ablegt. Sie macht ein komisches Gesicht, senkt den Blick und wird rot, als wagte sie nicht, darauf zu antworten.

übersetzt von Lisa Paping

Marie-Lucie Bougon
DIE NEUE HETÄRE

＼＼＼

Mein Leben war rot, brutal, süß. Es hatte den lieblichen
Geschmack des Vergnügens und verworrener Sorgen. Mit
meinen Schwestern lief ich an den weißen Häfen und den
baufälligen Kaschemmen entlang, atmete den Geruch der
Algen und ließ den frischen Wind über meine Schultern streichen. Wenn ich an sie zurückdenke, wenn ich an uns zurückdenke, sehe ich uns wieder, wie wir über die grauen Quais
stöckeln und unser Haar fliegen lassen; und ich finde mich in
diesen Zeiten wieder, in denen uns die Unwissenheit schön
machte. Wir waren blass, meine Süßen, wir waren blass und
kannten das Wort schwächeln nicht. Wir liebten verwüstete
Landschaften, blutende Strände, unverschämte Worte unter
dem Mond. Wir liebten den schwarzen Himmel und singen-
de Schmerzen, vergangene Schönheiten. Wir waren stark
zusammen, und wir erfanden geheime Sätze, um sie einem
Mann ins Gesicht zu schleudern oder sie hinter den zarten
Seiten eines Buchs zu verstecken. Wir schwangen unsere raschelnden Röcke in den trüben Gassen und im Rauch des
Hafens, rannten auf unseren klappernden Stiefeletten, um
der Erde entgegenzuschreien, dass wir am Leben waren und
mehr wollten. Dann verschwand alles: Die Schmerzen der
Vergangenheit, kleine Kindersorgen oder Wunden verflosse-
ner Liebhaber, wir jagten sie weg mit einem Fächerschlag
und umarmten die Hoffnung. Und die Zeit verrann, verrann, verschwand am Horizont, während wir der anonymen

Verachtung der anderen den Rücken kehrten. Der Himmel sang, und wir zeigten ihm ohne Scham unsere Strumpfhalter, unsere zerrissene Unterwäsche, um die Götter zu reizen. Zerbrechlich und überschwänglich brachen wir auf in ferne Gegenden, um sie mit unserem koketten und wütenden Gebrüll zu überziehen. Unsere Seelen waren verwundet, und wir rächten all ihre Kränkungen mit grausamem Blick, verführerischem Mund und fiebrigen Wangen. Wir zerrissen all die zerstörerischen Blicke, die uns zurückgewiesen hatten, in Seidenfetzen. Wir waren keine Frauen mehr, nein, wir waren nur noch Maschinen der Verführung und des Hasses; und wir liebten ihre Blicke auf unserer Haut, die gefesselte Begierde und den Hunger, der sie zugrunde richten würde. Wir genossen den Glanz in ihren Augen. Und es war so schön, meine Hübschen …

Ihr werdet mir fehlen, meine Schwestern, all diese Augenblicke werden mir fehlen, diese Übertreibungen am Meereshorizont, diese unaufhörlichen Provokationen, diese Vertraulichkeiten unter Frauen an unseren Zimmertüren. Ich hätte euch gerne wiedergesehen, meine Hübschen, ich hätte euch gerne Lebewohl gesagt, bevor ich mich an diesem dunklen Ort verlor, wo ich nun meine Tage beschließe, ich hätte gerne noch einmal mit euch über Korsetthalterungen und Männergürtel geredet. Jetzt aber befällt mich Kälte, und ich kann weder an euch denken noch eure Gesichter vor meinem inneren Auge sehen, meine armen verlorenen Schwestern, aber ich glaube, in einem Winkel meines Kopfes euer Lachen zu hören, spottend über einen zu beleibten Passanten oder ein zerrissenes Kleid …

Ja, ich glaube euch noch zu hören, und ich glaube sogar heute noch die herauszuhören, die ich damals war, die große launische Rothaarige, die, die über alle Dächer rief, dass sie in der Hausnummer 30 lebe und dass jeder zu ihr hinaufkommen könne. Ich sehe die wieder, die ich war, das Gesicht, das mich im Spiegel anfeindete, diese gesprenkelte Haut und diese zu großen Augen, diese verrückten Lider, die für jeden Unbekannten flatterten. Ich sehe dieses kleine Mädchen wieder, das zu früh erwachsen geworden war, eines, das die Fischfangtage liebte, um die glitzernden Körper der Beute zu betrachten und sich an der gefräßigen Röte ihrer klaffenden Lippen zu erschrecken. Aber noch lieber beobachtete es, wie die Frachten aus Asien auf den schmutzigen Quais verkauft wurden, goldbraune Seidenwaren, zerbrechliche Holzschnitte, Sonnengewürze aus Indien. Sie liebte es, sich am Hafen herumzutreiben und ihre Pupillen über jedes Gesicht schweifen zu lassen, jeden Schatten, jedes herumirrende Stück Leben. Ja, ich war dieses Mädchen, dieser ungestüme Rotschopf, der meinte, so stark zu sein wie das Meer, diese brutale Bettgenossin mit dem Vornamen einer Bäuerin, diese Verdorbene mit offenen Armen, die sich immer für unschuldig hielt.

In jener Zeit träumte ich von fernen Ländern, ohne reisen zu wollen, ich zog die Träumerei der Wirklichkeit vor, lieber die unveränderliche Schönheit der Träume als die fahle Enttäuschung der Wahrheit. Eines Tages hatte mir ein Erster Offizier, der mich gernhatte, angeboten, mich in seinem Schiff nach Pondicherry mitzunehmen, aber ich hatte ihm meine zarten Hände hingehalten und abgelehnt. Ich hatte gesagt »nein, nein, mein Hübscher, lieber bleibe ich hier und träume von Elefanten im Ganges, lieber stelle ich mir die weißen Paläste und die Brahmanen vor, lieber lebe ich im Glanz meiner Vorstellungen, als mir die Sicht durch Wahrheit zu verderben, als von der Wirklichkeit zerrissen und aufgeschwemmt zu enden«. Ich hatte Nein gesagt, mein armer, einsamer Seemann, dieser Rest von einem Menschen, der jeden Tag damit verbrachte, die Matrosen anzubrüllen, und jede Nacht in der starren Hängematte schluchzte, während er auf den nächsten Zwischenstopp wartete, damit eine meiner Kolleginnen ihm ein bisschen Leben einhauchte. Ein anderes Mal hatte mir ein begeisterter Schiffsjunge, der kaum den Fittichen seiner Mutter entflogen war, ein schönes, vielleicht gestohlenes Seidentuch aus China mitgebracht, das so hell war wie ein Sommerhimmel. Er war total in mich verknallt, dieser Bengel, und er kam oft wieder, um mich zu sehen, mit seinen einfältigen Augen und seinen von der See rosigen Wangen. Er sagte mir, ich sei schön, und ich lachte ihm ins Gesicht.

Doch es stimmte, dass ich schön war, von dieser seltsamen und groben Schönheit der Strichmädchen, und meine Schwestern und ich liebten es, alle Blicke auf unsere Koketterien zu lenken. Die Damen verachteten uns, die Matrosen sahen uns nach, und die Dichter waren überzeugt, armen, leidenden Seelen zu begegnen. Sie waren liebenswert, mit ihren tröpfelnden Federn und ihren völlig befleckten Fingern, wie sie uns mit ehrlichem Mitgefühl ansahen. Doch ich hatte nicht den Eindruck zu leiden, nein, das Leben war nicht wirklich grausam zu mir gewesen. Ich hatte keinen Hunger, mir war nicht kalt, ich hatte alle Zeit der Welt, mich zu schminken, ich hatte Königinnenschmuck, der wie rote Lilien um meine Hüften blühte. Heute, in dieser endlosen Dunkelheit, in der ich versinke, erinnere ich mich kaum noch an diese gesegnete Zeit, in der mein Bauch mich nicht mit seiner Leere quälte und mein Körper niemals zitterte. Ich kann mich kaum an diese Zeit erinnern, in der mich der Schmerz nicht jeden Tag quälte und in der nur der Ekel ab und zu in mein Zimmer einfiel. Ekel ist eine geringe Sache, verglichen mit Hunger und Schmerz, mit Krankheit und Dreck und dem wirklichen Leiden, das mir jetzt mein Innerstes zerbricht. Ich würde diesen Tag gegen tausend eklige Nächte mit zu alten Kapitänen und blassen, fetten Ehemännern eintauschen, ich würde diesen Tag gegen alles Erdenkliche tauschen, gegen jeden, gegen jede Nacht, in der ich wüsste, dass ich lebe.

Ich denke noch an den, der mich dieser Schwärze ausgeliefert hat, diesen winzigen Dichter mit den dürren Armen, dieses arme Kerlchen, das kaum wagte, mich mit den Fingerspitzen zu berühren. Er war eines Abends bei mir geblieben bis spät in die Nacht, während ich durch mein Fenster den

Mond betrachtete, der über den Schiffen aufging. Er schritt in meinem Zimmer umher, besah die Schminke und den Glitzerschmuck und war dabei so sanft, dass ich mich fast fragte, ob er nicht vielleicht Lust hätte, sich als Frau zu verkleiden. Ich hatte die Fenster geöffnet, um den vielversprechenden Wind zu spüren, als ich ihn laut rufen hörte, mit dem schrillen Schrei eines Mädchens, direkt hinter mir. Ich drehte mich um und sah ihn, wie er zitternd und verdutzt ein altes Stück Papier, bedeckt mit Tinte, in der Hand hielt. »Hast du das geschrieben?«, fragte er mich. Und ich antwortete ihm ja, ja, ich habe dieses Blatt geschwärzt, das mangels Briefmarke noch nicht abgeschickt worden war. Es war ein Brief an meine Tante Berthe, die noch nie das Meer gesehen hatte, und ich beschrieb ihr, wie es war, all diese schaurigen Wellen unter dem azurblauen Himmel. Er musterte ihn fassungslos, seine Augen folgten berauscht den Zeilen, und als er ihn endlich zurücklegte, war es nur, um mich zu fragen, ob ich noch weitere hätte. Ich gab ihm mehrere Entwürfe, die ich behalten hatte, ausgerissene und planlos vollgekritzelte Heftseiten, und ich schämte mich, ihm all das zu geben, aber er bestand so sehr darauf, dass er mir schon leidtat. Er hatte sich auf mein Bett gesetzt wie unter dem Bann eines seltsamen Zaubers und las den ganzen Packen gesammelten Papiers bis zum letzten Wort durch, ohne mir zu sagen, wieso. Schließlich ließ er mit einem erschöpften Seufzer davon ab:

– Du hast eine wahre Gabe, Jeannette.

– Was meinst du?

– Du hast eine Gabe. Ich habe schon bemerkt, dass du nicht wie ein Strichmädchen redest, aber ich wusste nicht, dass du wie ein echter Dichter schreibst. Ich würde alles geben, um dieses Talent zu haben.

– Aber ich bin nicht wie du, ich habe nie Reime gemacht!

– Man muss nicht reimen. Manche Dichter halten sich nicht an die Regeln des Verseschmiedens, weißt du. Das nennt man Prosadichtung.

– Noch nie gehört.

– Monsieur Baudelaire hat davon viel geschrieben.

– Ich kenne ihn nicht. Wohnt er in der Stadt, dieser Monsieur?

– Nein, antwortete er mit leichtem Spott. Nein, er lebt in Paris, wie ich.

Indem er mich zuschwafelte, anflehte und mit übertriebenen Komplimenten überschüttete, ließ ich mich schließlich dazu überreden, ihm das ganze Bündel zu geben. Er werde es seinem Verleger zeigen, sagte er, er werde aus mir eine Dichterin machen. Ich, Jeannette, die Hure von den Docks, würde Dichterin werden! Ich stellte mir schon meinen Namen auf dem Buchumschlag vor, eine Zeichnung meines Gesichts auf der ersten Seite, Künstler, die mich porträtieren wollten, Kritiker, die an die Tür des Hauses klopften, und Mutter Fernande, die hinging und öffnete, weil sie glaubte, es sei noch einer von denen, die ein Mädchen haben wollten. Ich stellte mir schon Seiten vor, die bedeckt waren mit meinen verworfenen Briefen, Seiten, gefüllt mit meinen Worten und Zeilen, die ich so leidenschaftlich geschrieben hatte, und mein Herz schlug bei diesen Gedanken so schnell wie die Eisenbahn.

Ich erzählte meinen Schwestern davon, und sie waren stolz, so stolz, dass sie mich »Madame« nannten und in mein Zimmer kamen, um zu schauen, was ich schrieb, zumindest diejenigen, die lesen konnten. Mit ihnen teilte ich die gleichen Schmerzen, die sich hinter der Schminke verkrochen, und auch wenn ich diejenige war, die es aufschreiben konnte, kannten sie genauso gut die Mühe mit den Haaren, die sich verknoteten, die Tränen unter den geschwärzten Wimpern, die Geheimnisse, die sich hinter den Schmuckanhängern über unseren Herzen verbargen. Sie waren froh darüber, dass meine Texte von ihnen erzählten, dass sie mit so schönen Worten beschrieben wurden, es berührte sie so sehr, als hätte der größte Pariser Maler sie zu seinen Musen erkoren, und ihr Mitgefühl ließ mich mit den Fingerspitzen all unsere blassen Ähnlichkeiten erahnen. Sie kamen und vertrauten sich mir an, damit ich noch mehr davon schrieb, und wir sprachen über Liebhaber, über die Cremes, mit denen wir unsere hässlichen Flecken verbargen, über Unterleibgedanken. Wir sprachen über Wunden und über blutendes Lächeln. Wir sprachen über die Liebe! Und unsere Körper, die aus Mangel daran wie gelähmt waren, erzitterten bei dieser unmöglichen Vorstellung. Wir sprachen über die Zärtlichkeiten, die keiner mit uns teilte und die uns mit taumelnder und überwältigender Freude überschütten würden. Wir sprachen über Wünsche, die man im Dunkeln ausspricht. Wir sprachen über die Klagen unserer Lippen, die von fremden geküsst, dabei von Zähnen gestreift wurden. Wir sprachen von Gewalttätigkeiten ... Als wenn sie, aus unseren geröteten Mündern kommend, plötzlich weniger grausam würden. Mit ihren Gefühlen und meinen armen vermengten Worten füllte ich ganze Briefe und schickte sie dem Dichter, damit er sie seinem Verleger zeigte, und er antwortete mir, dass das Projekt vorangehe, dass er mir eine Sammlung vorbereite und dass ich bald werden würde wie er.

Aber dieser seltsame Traum konnte nicht von Dauer sein, einige Monate vergingen, viele Schiffe legten an und fuhren wieder ab, und der Dichter antwortete irgendwann nicht mehr auf meine Briefe. Ich hatte sogar einige Sous beiseitegelegt, um ihm ein Telegramm zu schicken, aber er hatte nicht mehr geschrieben. Ein Jahr verging, und der Dichter war weder zurückgekehrt, um mich zu sehen, noch hatte er auch nur ein einziges Mal von sich hören lassen. Jeden Tag durchbohrte eine Beklemmung meinen Körper, verdarb mir jeden glücklichen Augenblick, jedes Entzücken, jedes Vergnügen. Das Leben, das ich lieben gelernt hatte, schien mir nur mehr die Existenz einer ordinären und abstoßenden Hure, und all die Dinge, die meinen Alltag ausmachten, waren nur noch Momente des Ekels, des Schreckens und des Hasses. Ich hatte mich in meinen Träumen als veröffentlichte Dichterin gesehen, und nun war ich nichts weiter als eine gebrochene Hure, die noch ein paar Jahre der Schönheit vor sich hatte, bevor sie an einer exotischen Krankheit sterben würde. Ich betrachtete Mutter Fernande und ihr glückliches Gesicht einer Überlebenden, ich betrachtete meine Schwestern und das abscheuliche Schicksal, das ihnen bei jedem Schritt auflauerte, und dieses ganze Universum schien mir so scheußlich, dass ich mich nur noch in mein Zimmer einschließen, meinen Glitzerschmuck wegwerfen und in unzählige Meter von Spitzenstoff hineinweinen konnte. Ich war einst glücklich gewesen, nur erfüllt von herrlichen Meeresaussichten, den Träumen von unbekannten Ländern und den Briefen an meine Tante, und dieses unschuldige Glück hatte ich nun für immer verloren, zerstört von den Illusionen, die mir dieser niederträchtige Wicht eingegeben hatte, meinen zerstreuten Worten, meinen winzigen Hoffnungen. Viele meiner Schwestern hatten bereits davon geträumt, dass einer ihrer Stammgäste sie eines Tages heiraten und mitnehmen würde in ein schönes Haus fern von hier, mit einem Garten und mit Bediensteten, und dass sie nie wieder in diesen Hof, in dieses Treppenhaus, in dieses Zimmer zurückkommen müssten. Doch niemals hätte ein Mann von gutem Ruf ein Strichmädchen geheiratet, niemals, und diese Träume hatten aus ihnen armselige kleine Dinger gemacht, heruntergekommen und niedergeschlagen im Winkel eines Boudoirs. Ich hatte sie damals bemitleidet, ohne jedoch zu verstehen, wie man solch ein Schicksal ertragen konnte. Aber nun war ich wie sie geworden, eine durch Hoffnung und Zeit gebrochene Puppe, eine Puppe mit zerrissenen Haaren und verschmiertem Gesicht. Ich ging nicht mehr gerne am Quai auf und ab mit jener Sorglosigkeit, die mich unwiderstehlich gemacht hatte, und die Seemänner sahen mich nicht mehr auf diese begierige Art an, die ich immer eingefordert hatte, fast schon aus Trotz. Für Mutter Fernande war ich zu nichts mehr gut, aber sie unterdrückte ihre Beunruhigung und bemühte sich, an meine baldige Heilung zu glauben.

An Heiligabend, als die meisten unserer Stammgäste bei ihren traurigen Familien blieben, kamen meine Schwestern zu mir herauf, mitfühlend und sanft, wie die Droschkenkutscher fluchend, doch mit mütterlichen Gesten. Sie sprachen mit mir über die Zukunft, sie sprachen mit mir darüber, »aus diesem Loch herauszukommen«, sie sprachen davon, eines Tages eine Dame zu werden; und sie sagten mir, ich sei ihre letzte Hoffnung. Sie sagten mir, dass ich, auch wenn ich nur eine einzige Frau sei, nun jede von ihnen sei und dass ich der Welt beweisen würde, dass aus armen Mädchen wie uns etwas werden könne. Sie sahen mich mit vertrauensvollen Blicken an, die alle meine Ängste durchbrachen, sie schenkten mir ihre gewaltsamen Stimmen und ihre von Zärtlichkeit erfüllten Grobheiten, aber vor allem steckten sie mich an mit ihrem riesengroßen Verlangen nach Leben. Nachdem sie mich stundenlang beim Besticken von Blusen am Kamin beschimpft hatten, trugen sie schließlich den Sieg davon, sie hatten die Lähmung meiner Verzweiflung besiegt, sie hatten eine Frau wiedererschaffen, wo nur noch ein winzig kleines niedergeschlagenes Mädchen gewesen war. Und am nächsten Tag gab ich all meine Ersparnisse für eine Zugfahrkarte aus, eine Fahrkarte nach Paris.

Ich fuhr im Morgengrauen los, am Weihnachtsmorgen, während ein zuckerfeiner Schnee sanft auf den Hafen fiel. Sosehr die Schiffe mir vertraut waren und mich nicht einschüchterten, so sehr versetzte mich der Zug in Angst und Schrecken, und als ich am Bahnhof ankam, rief der schrille Lärm der Lokomotive in mir schon einen ununterdrückbaren Schauer hervor. Ich hatte meine eleganteste Kleidung angezogen, und um mich während des Wartens auf die Abfahrt zu beruhigen, strich ich die Falten meines Mantels glatt und richtete meine Frisur: Ich klammerte mich an diese mechanischen Frauengesten, die mich an mein kleines Zimmer, meine Schwestern und mein Haus erinnerten. Die Reise war beschwerlich, ich blieb unbeweglich an meinem Platz sitzen, aufrecht und verkrampft, und bei jedem noch so kleinen ungewöhnlichen Geräusch zitterte ich, und bei jedem Ruck des Waggons, bei jedem Windhauch geriet ich in Aufregung. Nur durch die verrückte Hoffnung, den Dichter wiederzutreffen, meine Briefe und mein unfreiwilliges Werk wiederzufinden, gelang es mir, nicht aufzuschreien, nicht zu zittern, nicht zuzulassen, dass die Nachbarn errieten, wie viel Angst ich hatte. Das Vertrauen, das meine Schwestern in mich gesetzt hatten, half mir durchzuhalten, der Kälte und der Furcht zu widerstehen; und ich dachte an sie und an die Worte, die ich so gerne auf den Seiten anordnete, um mir den Glauben zurückzugeben, um in mir die Kraft zum Weitermachen zu finden, um auf den Pariser Bahnsteig zu treten und meinem absurden Traum bis zum Ende zu folgen.

Als ich in Paris ankam, betrachtete ich entzückt die vornehme und stolze Konstruktion des Bahnhofs, die beeindruckende Schönheit der anmutigen Gebäude, den außergewöhnlichen Glanz der Damenkleider. Der tröstliche Lärm der Stadt umtoste mich, und ich fühlte im Grunde meines Herzens, dass ein so schöner Ort einfach nicht anders konnte, als mich ans Ziel zu führen. Ich fragte nach dem Weg bei Straßenhändlern, Kutschern und Bettlerinnen, bei Mädchen wie mir, die an der Ecke einer Gasse auf ihr Schicksal warteten, und die ganze Stadt schien mir das Ziel meiner Suche darzubieten, wie ein Widerhall all meiner Hoffnungen. Mit einem zerknickten Umschlag in der Hand lief ich hoch oben auf meinen klackernden Schuhen von Boulevard zu Boulevard und von Avenue zu Avenue bis zur sorglos hingeschriebenen Adresse, und ich wusste, dass jeder Schritt mich meinen Antworten näherbrachte.

Schließlich kam ich an dem kleinen Gebäude an, in dem der Dichter wohnte, dieser Verräter, der mich so schnell vergessen hatte, dieser Sandmann, der nicht genug Sand hatte, um etwas davon auf die Köpfe der Huren zu streuen. Ich stieg bis zu seiner Dachkammer hinauf und klopfte an seine Tür, ganz vorsichtig, ohne wirklich zu glauben, dass mir die Antworten nun endlich gegeben werden würden. Er kam sofort, um zu öffnen, und erschien im Türspalt, erschöpft und gealtert, die Kleider unordentlich, vielleicht ein bisschen weniger mager als das letzte Mal, dass ich ihn gesehen hatte. Als er mich erkannte, wandelte sich seine verstörte Miene in ein gar erschrockenes Erstaunen.

– Jeannette? Was machst du hier?

– Ich komme dich besuchen, wie du siehst. Du hast nichts mehr von dir hören lassen! …

– Ja, ja, seufzte er betreten, während er sich mit seiner schmalen Hand durch die schmutzigen Haare fuhr, ja, entschuldige, ich war sehr beschäftigt.

Da er keine Anstalten machte, von der Tür zurückzutreten und mich hineinzulassen, tat ich unvermittelt einen Schritt nach vorn und zwang ihn so, zur Seite zu treten. Ich ging in seine armselige Dachkammer hinein, die voll von Büchern und ungeordneten Blättern war, von Tintenfässern, Decken und leeren Flaschen. Er holte mich ein und gab vor, einige Bücher wegzuräumen, plötzlich in Verlegenheit über das Chaos, das ihm als Bleibe diente.

– Du hast mir nie geschrieben, was er geantwortet hat, sagte ich direkt, ohne ihm eine große Atempause zu gönnen.

– Wovon sprichst du? fragte er unruhig, fast zitternd, während er weiter seine Sachen in eine lädierte Kiste räumte.

– Von deinem Verleger. Du hast mir nie gesagt, was er geantwortet hat, wegen meiner Briefe.

– Ah. (Er richtete sich auf, starr, wie versteinert und sehr betroffen, und wagte kaum, mich anzusehen.) Er hat sie nicht gemocht, Jeannette, es tut mir leid.

Der Satz schien lange in der kleinen Dachkammer nachzuklingen, als wenn auch das Echo meiner Enttäuschung mit mir zu spielen versuchte. Doch der Boden löste sich nicht unter mir auf, die Gewalt der Verzweiflung befiel mich nicht, ich verspürte nur eine tiefe, schreckliche und abscheuliche

Ermattung. Ich wusste im Grunde, dass ich keine Dichterin war und nur eine Hure bleiben würde, bis ich zu alt wäre, um auf irgendjemanden anziehend zu wirken, bis die Falten mein Gesicht entstellt haben würden, das schon von der Verachtung der anderen gebrochen war, bis selbst die ausgelassenen Seemänner und die enttäuschten Ehemänner mich nicht mehr anschauen würden. Meine Schwestern würden sicherlich an irgendeiner Krankheit sterben, die sie sich von einem Kunden eingefangen hatten, und ich würde sie dahinsiechen sehen, bevor ich selbst von ihr befallen und meinen Verfall fortsetzen würde, sterbend, ohne irgendetwas aus meinem Leben gemacht zu haben, als den Männern einige Augenblicke des Vergessens zu bieten. Ja, ich würde sicherlich so umkommen, ohne etwas aus der Zeit gemacht zu haben, die mir zugeteilt war, ohne jemanden gerettet zu haben, ohne auch nur irgendetwas erschaffen zu haben. Ich würde nicht in die ewige Ruhe entschlafen können mit der Freude, etwas erreicht zu haben, nein, ich würde nicht glücklich sterben. Ich würde eine Hure bleiben und warten, dass die Zeit vergeht, bis die Krankheit mich holen und ich mich jammernd auf einen von Liebe verlassenen Dachboden zurückziehen würde.

Als mich bei diesen Vorstellungen Erschöpfung überkam, blieb mein Blick an einem Stapel bunter Bücher hängen, die auf dem einzigen Tisch des Zimmers lagen und in großen Buchstaben den Namen des Dichterkerlchens trugen, aufgedruckt, festgehalten von der Zeit. Ich nahm eines vorsichtig in die Hand, ließ das Papier durch meine Hände gleiten und schluchzte beinahe, weil er das hatte erreichen können, was ich nicht schaffen würde, was nicht mein Schicksal hatte sein sollen. Ich blätterte es vorsichtig durch, traurig, sehnsüchtig nach einem Leben, das nur in meinen Träumen existiert hatte, in grausamen Hirngespinsten, die mich überkommen und dann verlassen hatten. Aber plötzlich, als ich auf einer Seite verweilte, sprang mir die Wahrheit ins Gesicht.

Ich wandte mich zu dem erstarrten Dichter um, der zerbrechlich und verschreckt dastand und meinem hasserfüllten Blick kaum standhalten konnte. Ich trat mit dem Buch an ihn heran, und indem ich im Gehen noch einige andere in die Hand nahm, belud ich meine Arme mit seiner Hochstapelei. Er kauerte sich in einer Ecke des Zimmers zusammen, stieß unverschämte Entschuldigungen und lächerliche Erklärungen aus und brachte irgendetwas über Frauennamen hervor, dass niemand die Dichtung einer Frau kaufen würde und dass es so besser sei, dass es gut so sei, dass er nur in meinem Interesse gehandelt habe. Wut erfüllte meinen Körper mit solcher Wucht, dass ich mich aufbäumte und mich in einer Haltung äußerster Spannung bemühte, meine Arme zurückzuhalten, die ihn packen und zerdrücken wollten, bis er in einem Röcheln von Ekel und Hass krepierte. Ich spürte etwas Seltsames in mir, wie eine verborgene Macht, die nur auf einen günstigen Augenblick gewartet hatte, um sich zu entfalten, den perfekten Moment. Es war etwas Mächtiges, das unter meiner Haut dahinkroch, etwas, das beinahe wehtat, so sehr ließ seine Heftigkeit mein Fleisch erzittern, etwas Unermessliches, das mich im Grunde meines Herzens erschütterte. Plötzlich fühlte ich in mir eine wilde, unbekannte Kraft, die nur auf den richtigen Moment wartete, um sich zu befreien. Da gab ich jeden Widerstand auf und begann zu schlagen, schlagen und noch mehr zu schlagen und spuckte ihm dabei meine ganze Wut und meinen ganzen Hass ins Gesicht.

Als ich wieder zu mir kam und meine Augen nicht mehr von der blanken Wut geblendet waren, die sie ergriffen hatte, sah ich Blut und ein Kerlchen, das nicht mehr atmete. In der Türöffnung stieß eine dicke Nachbarin das Heulen eines erwürgten Schafs hervor und schrie, dass sie ihren Neffen losgeschickt habe, um die Polizei zu holen. Ich erinnere mich kaum, was dann geschah, ich trieb von einem Gefängnis zum nächsten, ich wurde verhört, bedrängt, angefleht, ermüdet. Aber bevor sie mich in diesem schwarzen Verlies aushungern konnten, wo ich beinahe spüren kann, wie meine Hände am Ende der Arme verfaulen, lebte ich noch den schönsten der Träume: Ich hatte es geschafft, ich war Dichterin. Niemand würde es jemals wissen, aber Jeannette die Hure hatte ein Buch geschrieben, und ich hatte sogar ein Exemplar davon behalten, versteckt in meiner Bluse, den unsterblichen Beweis dessen, was ich zu dieser Welt hatte beitragen können, was ich der Welt gezeigt hatte. Nun konnte ich schlafen, schlafen oder sterben, es war mir wirklich gleich, ich war diejenige geworden, die ich so sehr hatte sein wollen, diese stürmische Hure mit den erhabenen Worten, diejenige, die es verstanden hatte, etwas anderes zu sein, die eine Zukunft gehabt hatte, wenn auch gebrochen und verloren. Es war mir gleich, unbekannt zu sein, es war mir gleich, dass niemand jemals von meiner Geschichte erfahren würde – die, die meine Worte lesen würden, würden sich an mich erinnern, wochenlang, jahrelang vielleicht, ohne meinen Namen zu kennen.

Heute Morgen sind sie in meine Zelle gekommen und haben mir die Haare geschnitten. Das wird es leichter machen, wenn das Beil herabstürzt, schneller, sauberer. Aber wenn dann mein Kopf den Körper verlässt, wird dies nur geschehen, um der Welt entgegenzubrüllen, dass er nicht umsonst geträumt hat.

übersetzt von Jonas Dehn

Tristan Garcia
MAGER

\\\\\

In Miercurea Ciuc, im Flachland am Fuße der Karpaten, hatte Corina ihre Kindheit in der Hoffnung verbracht, eines Tages unsichtbar zu werden. Es war kalt im Winter, und die bewaldeten Ausläufer der Gebirge waren tiefschwarz und dunkelgrün; im Stadtzentrum warfen die einstigen Schlösser und die breiten Gebäude der Wasserstadt strenge Blicke auf die gepflasterten Straßen und die wenigen Touristen. Seit sich das Land in den neunziger Jahren geöffnet hatte, erwachte der Kurort nur schwerfällig. Im zehnten Stock eines noch frischen, weißen Gebäudes, gegenüber der Kirche des Viertels, betrachtete Corina durch ein Schiebefenster das Leben, das dort auf sie wartete.

Seit ihrem dritten Lebensjahr verweigerte Corina die Nahrungsaufnahme und war das Unglück ihrer alleinstehenden Mutter Marina Munteanu, einer liberal eingestellten Krankenschwester, von der sie regelmäßig geschlagen wurde. Im Viertel wurde gemunkelt, Corinas unbekannter Vater sei ein Roma aus der Gegend. Marina begnügte sich damit, den Ladenbesitzern und Lehrern mitzuteilen, ihre Tochter sei zurückgeblieben; in der Wohnung hatte sie Redeverbot.

Corina lernte weder lesen noch schreiben, aber da sie schlank und gelenkig war, schickte man sie in der Schule zum Turnverein, wo sie innerhalb weniger Jahre zur größten Hoffnung der Mannschaften am Schwebebalken und am Boden wurde. Sie ging allein nach Bukarest und hörte nie wieder etwas von ihrer Mutter. Wenn sie sonntags zur Ausgangszeit der Internatsschüler durch die Hauptstadt spazierte, spürte sie, dass die Welt ihr über den Kopf wuchs und sie keine Chance haben würde, in ihr zu bestehen: Die Gebäude, wie etwa das Parlament, waren zu breit und zu hoch, die Straßen zu lang, die Menschen zu zahlreich, die Männer zu stark und die Frauen zu schön. Nach ihrem Selbstmordversuch auf den Toiletten des Leistungszentrums, im Alter von elf Jahren, bekam sie psychologische Betreuung und eine strenge Diät verordnet: Sie durfte die Kantine nicht verlassen, bevor sie nicht den letzten Bissen hinuntergeschluckt hatte.

Abends übergab sich Corina aus dem Fenster des Zimmers, welches sie mit Claudia teilte, einer hübschen Vorpubertären, die bereits ihre Regel und Brüste hatte, deren Sonntagsbesuche man überwachte und der man vorsorglich eine Spirale hatte einsetzen lassen: Mit der kurzen Nase, den blauen Augen und dem »nuttigen Mund«, wie ihre Trainerin sagte, zog sie die Kleinkriminellen aus den Nachtclubs um die Regina-Elisabeta-Straße in der Nähe des Holocaust-Mahnmals an.

Zu schwach, fast wankend, verlor Corina ihren Qualifikationswettkampf für die Nationalauswahl; als Claudia sie auf der Tribüne der Turnhalle trösten wollte, eine Wasserflasche in der Hand, biss Corina sie auf Höhe des Handgelenks bis aufs Blut. Der Einsatz des Notarztes war nötig, um die Blutung zu stoppen; Claudia, die ins Krankenhaus eingewiesen wurde, musste von ihrem Startplatz zurücktreten, und Corina wurde vom Verband ausgeschlossen. Mit ihrer zu schweren Sporttasche in der Hand ging sie einige Minuten ziellos auf dem Boulevard General Gheorghe Magheru umher, dem großen Revolutionär der Walachei, und ließ in der Nähe der U-Bahn-Station Universitate einige Taxis vorbeifahren, bis eine dicke Frau sie ansprach, die ihr seit der Eingangshalle des Verbandsgebäudes gefolgt war.

Corina war in Tränen aufgelöst. Die stark schwitzende Frau bot ihr ein Taschentuch an und ließ sie auf einer Bank im

Universitätspark Platz nehmen. »Ich heiße Elena.« Sie nahm Corina in die Arme, zog sie an sich und bemerkte, dass sie nicht schwerer war als eine große Katze. »Du brauchst einen Papa. Komm mit mir, ich mache aus dir die beste Turnerin aller Zeiten.« Und während sie liebevoll die kastanienbraunen Haare der willenlosen Corina zurechtstrich, brachte die Frau sie in ein großes schwarzes italienisches Auto und fuhr mit ihr davon. »Du wirst glücklich sein.«

Am selben Abend machte Corina, von Elena in ein weißes Kleid gesteckt, die Bekanntschaft von »Papa«; er hieß eigentlich Léonid, war Ukrainer, trug in der Szene aufgrund seiner unnatürlich dunklen Hautfarbe den Spitznamen »der Neger« und war groß und dick. Corina gefiel Léonid auf Anhieb, und er befühlte mehrfach zufrieden ihre eingefallene Brust unter dem Kleid aus Musselin. Seine Hand war braun gebrannt, behaart und am kleinen Finger mit einem riesigen Siegelring geschmückt, der über die hervorstehenden Rippen des kleinen Mädchens kratzte.

»Du bist mager.« Er rauchte unablässig, und sein aufgedunsenes Gesicht tauchte für Corina nur von Zeit zu Zeit inmitten der Wolke auf, die Léonid vollständig umhüllte und ihm die Aura eines Gottes mit Stiernacken gab; auf seine Brust unter dem geöffneten Hemd war ein orthodoxes Kreuz tätowiert, welches unten mit einem Schrägbalken versehen war. »Früher waren alle Armen mager. Meine Mutter auch. Heute …« Er nahm Corina auf den Schoß. »Heute sind wir alle dick. Außer dir.« Zuerst hatte sie Angst vor ihm. Aber Léonid fragte, ob sie Olympiasiegerin im Turnen werden wollte, und zum ersten Mal in ihrem Leben hatte Corina Lust, etwas für jemanden zu erreichen. Er kraulte ihr den Nacken, sprach ihr Mut zu und schickte sie ins Bett.

Noch in derselben Nacht dachte Corina, dass sie ihm eine Freude machen müsste.

Als Elena, die sie »Mama« nannte, sie holen kam, hatte Corina die Haare hochgesteckt und roten Lippenstift aufgetragen, den sie in den Schränken des Waschraums aufgestöbert hatte. Elena befahl ihr unverzüglich, den Lippenstift zu entfernen und ihre Haare zu lösen.

Léonid liebte es, Corina morgens im Bett zu empfangen, sie unter seine Decke schlüpfen zu lassen und die Zeitungen zu lesen, während sie halb auf ihm lag und sich im Rhythmus seiner Rinderbrust langsam auf und ab bewegte; er behielt dann seinen Morgenmantel an, schnäuzte sich in die Finger, schimpfte auf die Araber, und Corina atmete den strengen Geruch unter seinen behaarten Arme ein. Als sie eines Tages glaubte, es ihm recht zu machen, indem sie mit den Händen an seinem massigen, dunkelhäutigen Bauch hinunterfuhr, wurde er wütend und warf sie aus dem Bett. Er ohrfeigte sie mit dem Handrücken, und sie senkte den Kopf, um sich zu entschuldigen. Seine Halsschlagader war noch geschwollen und blau angelaufen, da bereute er seine Reaktion bereits und schlug seinen Kopf gegen die weiße Zimmerwand. Der Putz platzte ab, und Léonid drehte sich um, das linke Auge unter einer breiten Blutspur verdeckt. Corina schrie auf; aber er beruhigte sie, säuberte mit der seidenen Bettwäsche die Wunde, als wäre nichts gewesen, und legte sich wieder hin. Auch seine Atmung kam nach und nach zur Ruhe.

»Der Neger« nahm die beiden mit in den Urlaub ans Mittelmeer auf seine fünfzig Meter lange Yacht, wo er Corina lesen und schreiben beibrachte. Auf dem Schiff hatte er für sie einen Fitnessraum eingerichtet, in dem sie unter Anleitung von Elena, die sich als ehemalige Topathletin herausstellte, an ihrer früheren Bestform arbeiten konnte. Nachts hatte Léonid manchmal Albträume, und Elena, in ihr Nachthemd gezwängt, ging dann Corina wecken, damit sie sich schnell an Papa schmiegen und ihn beruhigen konnte. Er erzählte ihr oft von dem Dorf seiner Kindheit, im Land der Schwarzen Erde, und sie hörte zu und sagte nichts. Auf seine Fragen antwortete Corina nur mit »Ja« oder »Nein«. Als sie mit dem Flugzeug nach Rumänien zurückkamen, beschloss Léonid,

Corina einen Platz in der Nationalmannschaft zu kaufen; aber die Zeiten hatten sich geändert, und die Angelegenheit war komplizierter als zunächst angenommen. Der Generalsekretär befand, dass Corina zu schmächtig und nicht kräftig genug sei und dass Claudia, die ihre Verletzung am Handgelenk inzwischen auskuriert hatte, die besseren körperlichen und geistigen Voraussetzungen mitbringe. Als Corina Papa in der Limousine von dem Vorfall erzählte, der sie zu Claudias Widersacherin gemacht hatte, befürchtete sie, ihn zu enttäuschen, und fügte hinzu, Claudia habe sie beleidigt und als »dreckige Roma« beschimpft.

In der darauf folgenden Woche war Claudia in einen Verkehrsunfall verwickelt, in dessen Folge sie ihre Beine nicht mehr benutzen konnte: Ein Taxi hatte sie auf einem Zebrastreifen angefahren. Daraufhin willigte der Verband in Corinas Wiederaufnahme ein.

Ein Jahr lang arbeitete sie tagsüber hart und kehrte abends zum Schlafen in Léonids schöne Wohnung im ehemaligen Judenviertel zurück. Von nun an musste sie nackt schlafen; oft nahm er sie fest in die Arme und legte sie ganz oben auf seinen Wanst, auf dem sie im Rhythmus seines Atems auf und ab stieg wie eine Feder auf einem Elefanten, während er bereits schnarchte. Wenn er im Schlaf aufstöhnte, klammerte sich Corina an seinen Hals, der breiter war als ihre eigene Taille, und wiegte ihn hin und her. Die Geschäfte liefen schlecht zu jener Zeit; Léonid musste im Februar für einige Monate untertauchen, nachdem der Provinzgouverneur ausgewechselt wurde und der Staatsanwalt medienwirksam im Bukarester Rotlichtmilieu ermittelte. Jede Woche schickte er Corina über Elena Blumen aus London, Wien oder Moskau.

Unter der neuen Übungsleiterin der Olympiamannschaften fing Corina mit Krafttraining an und nahm etwas zu; man erwartete von den modernen Turnerinnen, dass sie ungeheure Kräfte entwickelten, manchmal auf Kosten ihrer Anmut. Tag für Tag wurden Corinas Fortschritte sichtbarer: Wieder aufgepäppelt, stemmte sie die Abfolge der Pflichtelemente am Schwebebalken und nahm erneut ihren Platz als Favoritin der Disziplin ein.

Aber als Léonid nach Bukarest zurückkehrte, sah er mit Erstaunen ihre spitz abstehenden Brüste und die Muskeln, die sich unter ihrer gespannten Haut abzeichneten. Wütend sprach er davon, sie zu verstoßen, und reagierte sich dann bei Elena ab, die wenig später zurückkam, schweigend, aber mit geschwollenem Gesicht. Am Sonntag rief er Corina zu sich ins Büro und bat sie, in einen viel zu kleinen Minirock und ein enganliegendes Oberteil zu schlüpfen, in dem sie aussah wie eine silbrig-blaue Krabbe. Elena beauftragte er damit, sie zu schminken. In einem Bukarester Lapdance-Nachtclub führte er sie an einen VIP-Tisch, wo ein Handlanger aus dem Quartier auf ihn wartete, um über die laufenden Geschäfte zu sprechen; er bot Corina dem Dealer an, der sofort einwilligte, da er seinen Chef nicht verärgern wollte. In einem stuckverzierten Zimmer der Geschäftsführung erklärte Léonid Corina, dass es nun für sie an der Zeit sei, eine Frau zu werden, da das ja offenbar ihr Wunsch war; er steckte sich eine kubanische Zigarre an und sah dabei zu, wie sie sich, auf dem Bett kniend, von dem Kerl mit Pferdeschwanz nehmen ließ, der stark nach Hugo Boss roch und mit heruntergelassenen Hosen, aber ohne große Überzeugung in Corina eindrang. Es widerte ihn an, aber Léonid war sein Chef. Um ihm zu gefallen und ein bisschen in Fahrt zu kommen, fing er an, auf Corinas weiße, magere Pobacken zu schlagen, die sich wiederum auf die Lippe biss und bemühte, Papa eine Freude zu machen. Als er anfing, sich wild in ihr zu bewegen und sie übel zu beschimpfen, stand Léonid auf und beugte sich vornüber, um seinen Schützling zu fragen, ob der Kerl ihr wehtue. Sie nickte zaghaft, den Kopf in ein Kissen gepresst.

Daraufhin schlug »der Neger« mit dem Nachttisch auf den kleinen Straßendealer ein, der bäuchlings auf dem Teppich um Entschuldigung bat.

Während er sie wieder anzog, erklärte Papa Corina, dass er sie beschützt und sie ihm das Herz gebrochen habe. In dieser Nacht ließ er sie auf ihm schlafen, und Corina dachte voll Glück, dass er sie noch gern hatte. Am nächsten Morgen entschuldigte sich Léonid und rief beim Verband an, um die Leiterin des Fitnesstrainings unverzüglich feuern zu lassen.

Jedes Mal, wenn »die Turnerin« am Ende einer Trainingswoche mit »dem Neger« ausging, sorgte er dafür, dass sie möglichst schlecht gekleidet war: Strickmütze, unförmiges Sweatshirt, braunes Regencape, keine Schminke. Er war eifersüchtig, aber oft beugte er sich zu ihr herab und fragte sie schelmisch, wie viele Männer gleichzeitig in sie hineinpassen würden, um alsbald in lautes Gelächter auszubrechen: »Keiner, ist ja nicht mal Platz für einen!« Wenn ein Mann Corina ansah, gab Léonid ihm ein Zeichen, rüberzukommen und sich seine Prügel abzuholen, und ließ ihn mit einem blauen Auge auf der Straße zurück. Corina ging zwar mit ihm ins Restaurant, aber sie aß und trank nie etwas. Wenn er gut gelaunt und geduldig war, erklärte Léonid ihr die ganze Welt: die verschiedensten Bräuche, Sprachen und Nationalitäten. Er behauptete, sie sei intelligent.

Zu ihrem sechzehnten Geburtstag bekam Corina einen Platz in der Olympiaauswahl geschenkt. Während der anschließenden Feier, auf der sie wie eine Königin behandelt wurde, sah sie, wie Léonid sich mit zwei aufgeblasenen Nutten mit künstlichen Brüsten davonmachte, und ging zum Heulen auf die Toiletten, wo Elena sie fand.

Sie erklärte Corina: »Papa liebt die Mageren, aber er fickt die Dicken.« Elena war breit und schwer, ihr Gesicht war mit Schminke zugekleistert, und über ihren gezupften Augenbrauen hatten sich Kummerfalten angestaut. Sie war seit einiger Zeit in Ungnade gefallen, und einige wähnten sie kurz davor, ihren Chef zu verpfeifen.

Im Olympia-Trainingslager verlor Corina das Interesse am Wettkampf und interessierte sich nur noch für Léonid:

Sie fing an, nachts zu essen, und klaute aus dem Kühlschrank das Fetteste, was dort zu finden war: Pasteten und Würstchen. Aber als der Leiter des Trainingslagers sah, dass Corina etwas Fleisch auf den Hüftknochen hatte, geriet er in Panik und rief Léonids Handlanger an, die sie zurück nach Bukarest brachten. Corina hatte sich von Mars-Riegeln ernährt, die sie den ganzen Tag über am Snack-Automaten stibitzte; Léonid betrachtete sie, wie sie nackt vor ihm stand, und kniff ihr dann boshaft oben in die Beine und unten in den Bauch. Er schrie, sie sei eine Hure, packte sie unter den Armen, zwang sie kopfüber und ließ sie vor seinen Leibwächtern alles bis zum letzten Tropfen Galle auf den Zimmerboden ausspeien, indem er sie wie eine leere Bonbonschachtel durchschüttelte.

»Geh trainieren!«, schrie er sie an. »Geh trainieren! Ich will einen verdammten Titel. Was denkst du, wofür ich dich bezahle?«

Zurück im Trainingslager, ging Corina rasch zugrunde. Sie wiederholte Tag und Nacht ihre Übungen an den Geräten, rührte fünfzehn Tage lang keinen Bissen an und band sich jeden Morgen ihre nun sichtbar werdende Brust mit einem weißen Tuch ab. Schließlich kam sie nach einem Sprung auf dem Schwebebalken ins Wanken, fiel in Ohnmacht und stürzte, wobei sie sich den Knöchel verstauchte.

Nach drei Wochen im Krankenhaus von Sibiu wunderte sie sich, dass weder Elena noch Papas Leibwächter sie besuchen kamen. Beim Durchblättern der *România Libera*, die eine wohlwollende Krankenschwester ihr reichte, erfuhr sie, dass »Léonid der Neger« verhaftet worden – und Elena von der Bildfläche verschwunden war.

Als sie wieder auf den Beinen war, verpasste sie die Qualifikation für die Olympischen Spiele in Sydney und war nun arbeitslos. Als einzige Hinterlassenschaft blieb ihr ein roter Fiat Brava, den Papa organisiert hatte und der seitdem in einer Tiefgarage geparkt war; die Polizei wusste nichts davon. Aber Corina hatte keinen Führerschein. Nachdem sie das Auto auf dem Schwarzmarkt verkauft hatte, fehlten ihr noch

7000 Dollar, um einen Laden in ihrer Geburtsstadt zu eröffnen, und so begrub sie diese Hoffnung. Sie erkundigte sich nach den Ausbildungen an der Bucharest Sports University, aber dafür hatte sie nicht den nötigen Abschluss. Als sie nicht mehr genug Geld hatte, um das Hotelzimmer zu bezahlen, das sie unter falscher Altersangabe angemietet hatte, machte sie sich noch ein Stück älter und färbte sich die Haare. Dann suchte sie im Bahnhofsviertel den Kleinganoven auf, der sie entjungfert hatte, und bat ihn, ihr etwas Geld zu leihen. Vor lauter Angst, den Interessen »des Negers« zuwiderzuhandeln, indem er einer seiner Nutten in die Unabhängigkeit verhalf, lehnte der Kerl mit dem Pferdeschwanz ab.

Gegen Ende des Monats prostituierte sich Corina ein paarmal; ein gut gekleideter Freier meinte, während er auf ihre Schulterblätter glotzte: »Du musst was essen, das ist ja unappetitlich.« Und lud sie umgehend in ein Restaurant ein.

Nachdem sie sich eine Zeit lang hatte aushalten lassen, veränderte sich Corina. Bald war sie siebzehn Jahre alt und bekam eine weibliche Figur.

Wenig später kam »der Neger« aus dem Gefängnis frei.

Sobald er sich wieder eingerichtet hatte, erkundigte er sich in der Stadt nach der »Turnerin« und ließ sie durch seine Schergen holen, die sie in einer winzigen Wohnung im zehnten Stock eines Hochhauses fanden, die Fenster weit offen, mitten im Herbst.

Als sie ihm mit gesenktem Kopf gegenübertrat, schien er völlig niedergeschlagen. Er berührte sie nicht, sondern drehte sie einmal im Kreis: Ihre Arme waren rundlich, sie hatte schöne Brüste und ansehnliche Schenkel.

»Du bist gealtert.« Er war enttäuscht. »Ich habe dir geholfen … Ich habe dich beschützt … Sieh, was du getan hast. Deine Karriere ist beendet.«

Selbst vor seinen Soldaten war er bereit, seine Schwäche zu zeigen. »Ich habe dich geliebt.« Léonids letzte Worte brachen ihr das Herz, sie fiel auf die Knie, entschuldigte sich und fragte, was sie jetzt noch tun könne. Dann brach sie in Tränen aus und sagte: »Ich wollte immer ein Kind von dir.«

\\\\\

Das Turnier fand dieses Jahr in Brasov statt.

Es war unmöglich, sie nicht zu bemerken: Eine dicke rothaarige Frau im schwarzen Kostüm lief seit einigen Minuten durch die Sitzreihen der Turnhalle; zehn Meter weiter unten, in der Nähe des blauen Teppichs, auf dem eben die Medaillen vergeben wurden, weinte ein Mädchen in einem roten Turnanzug. Sie hatte sich gerade heftig mit einer Konkurrentin geprügelt.

Die Frau ging zu ihr und hockte sich schwerfällig neben sie. Sie zeigte dem Mädchen ihre Akkreditierung, die sie über Bestechungsgelder erhalten hatte.

»Na komm schon, mach nicht so ein Gesicht.«

– Ich würde am liebsten sterben.

Die Frau tupfte sich mit einem bestickten Taschentuch die Schläfen ab. Schweißperlen standen ihr auf der Stirn, und durch ihr Übergewicht wurde ihr immer heißer. Behutsam erhob sie sich, nahm das junge Mädchen in die Arme und tröstete es. Dann befühlte sie ihre Rippen.

»Warten deine Eltern auf dich?«

– Sie haben kein Geld. Sie sind nie dabei.

Die Kleine schluchzte vor Kummer an ihrer Brust.

»Komm mit mir, ich heiße Corina. Ich mache aus dir die beste Turnerin aller Zeiten, und du wirst glücklich sein.«

übersetzt von Jakob Schumann

Cécile Coulon
ICH WEIGERE MICH, FREI ZU SEIN

\\\

Man muss lernen zu vergessen, so wie man lernt zu leben
Die Städte unserer Kindheit dem Erdboden gleichmachen
Die Buchläden zerstören, die Kinosäle
Unsere Zimmer ausräuchern, die Bücher verbrennen.

Natürlich sollte ich diese überschäumende Wut überwinden
Während du Sterne hinter dir zurücklässt, zum Bersten gefüllt
Mit lebendiger Erinnerung
Man muss lernen zu vergessen, so wie man lernt zu vergeben
Vergeben, sich niederlegen und, schlussendlich, heilen.

Ich weigere mich, frei zu sein
Denn ich spüre den Drang, Gespräche aufzuschreiben
Mit jemandem, den es nicht gibt
Außer in mir
Ich weigere mich, frei zu sein
Dieses sinnlose Gespräch werde ich bald mit dir führen

Du hast nie aufgehört, Gedichte zu lieben
Du liebst es, hinter das Licht zu blicken
Man muss lernen zu vergessen,
So wie man lernt, nicht mehr gegen
Die Stangen seines Käfigs zu fliegen.
Man muss lernen zu vergessen, so wie man die Magie der
Sprache verliert.

Aber am Ende der Reise
Erwartet uns die Vergangenheit
Zigaretten rauchend
Die sie barfüßig zerdrückt.

Ich weigere mich, frei zu sein
Mich für Versprechen zu entkleiden
Man muss lernen zu vergessen, so wie man ein Tier dressiert
Das nicht mehr gehen kann
Außer auf zwei Beinen.

Ich weigere mich, frei zu sein
Wir sind merkwürdige Akrobaten
Voll stumpfer Beweglichkeit und taktloser Eleganz
Ich lerne zu vergessen, so wie ich lerne zu heilen
Stumme Erschütterungen
Die meine Finger zittern lassen, um ein Glas gekrallt
Halb leer.

Ich lerne zu vergessen, so wie man lernt zu leben
Und dennoch: Seit unserem ersten Mal
Habe ich mich geweigert, frei zu sein.

übersetzt von Marie-Luise Guhl und Lisa Paping

Ryad Assani-Razaki
OLAOSANMI

\\\

I

»Mojirayo Ogunkoya?«

Acht Silben. Das Gefühl eines Erdbebens, das den Boden erschüttert und die Knochen durchzuckt wie eine schmerzhafte Erinnerung.

Als sie die Straßenecke erreichte, ertönten oben an einem Strommast Flügelschläge. Ein lautes Flattern. Ein Schwarm Vögel erhob sich von dem Kabelgewirr, das den Himmel zerschnitt. Stadttauben, deren Federn im Schein der Straßenlaterne goldbraun schimmerten. Das Grau des Asphalts, das Grau der Nacht und das Grau der Tauben verschluckten das kalte gelbe Licht. Es war spät oder sehr früh, je nachdem. Bevor sie auf die Straße getreten war, hatte sie einen Blick auf ihre Armbanduhr geworfen. Die Ziffern zeigten 4 Uhr 57. Sie hatte sich das Handgelenk dicht vor die Augen gehalten. Die Digitalanzeige tauchte ihr Gesicht in ein bläuliches Licht, das ihre Augenringe betonte, die Falten und Furchen ihrer pergamentartigen Haut, die mit den Jahren immer dunkler geworden war. Mit verschwommenem Blick starrte sie kurz auf das helle Display. Dann trug sie die Uhrzeit in die Liste ein und setzte ihre Unterschrift daneben. 5 Uhr. Drei Minuten Unterschied, drei Minuten gewonnene Lebenszeit.

Sie streckte den Arm aus, um die Tür zur Straße aufzudrücken. Einen Moment lang sah sie ihre Hand flach auf der dicken Glasscheibe liegen. Sie betrachtete die dünnen Finger, die verformten Gelenke, die Reste von Nagellack auf den abgebrochenen Nägeln. Drei gestohlene Minuten, was war das schon gegen sechsunddreißig Jahre steife Finger. Da fiel ihr die Kamera oben in der Ecke ein, deren starres Auge ein gleichgültiger Zeuge ihres Zögerns war. Plötzlich fühlte sie sich verletzlich, so wie ein schamhafter Mensch, der mit einem Mal nackt dasteht. Ihr Moment der Schwäche würde für immer auf irgendeinem Computer gespeichert sein. Hastig schob sie die Tür auf. Als sie die Hand wegzog, bemerkte sie den Abdruck ihrer Finger auf der Scheibe. Fünf Striche auf dem Glas. Sie stellte den Fuß in die Tür, bevor diese zufallen konnte, und polierte die Scheibe mit dem Ärmel. Zufrieden zog sie den Fuß zurück, und die Tür fiel mit einem metallenen Klicken ins Schloss. Das Geräusch läutete das Ende ihrer Nachtschicht ein. Es bedeutete, dass sie endlich schlafen gehen konnte.

Draußen fegte der Wind durch die leeren Straßen, zerzauste die Kälte und die Dunkelheit. Wie Gespenster, die zwischen den Gebäuden umherirrten, schwebten alte Zeitungen über den Bürgersteig, nur um sich am Ende ihres blinden Tanzes an die Müllcontainer zu schmiegen, die am Eingang der Seitengassen standen. Die schwarzen Müllsäcke mit ihren prall gefüllten Bäuchen verströmten einen üblen Geruch nach Essensresten. Die Kehrseite des Konsums. Die Luft war feucht, Nieselregen besprühte die Fassaden der Gebäude und legte sich über Schultern und Gesichter. Auf Höhe der Straßenlaternen glitzerten winzige Regentropfen im Licht. Manche Laternen hatten einen Wackelkontakt und flackerten unter elektrischem Knistern. Die Bewohner des Viertels hatten sich deswegen schon oft beschwert. Hin und wieder brachte ein Kurzschluss eine weitere Glühbirne zum Durchbrennen, und ein weiteres Stück Gehweg versank im Dunkeln.

Als die Kälte sie überfiel, zog sie den Mantel enger um sich, aber der Wind stahl sich heimtückisch durch den Spalt, wo ein Knopf fehlte. Sie krümmte ihren hageren Körper, um sich vor dem Wind zu schützen, und lief nach Westen. Noch drei Häuserblöcke und dann rechts um die Ecke zum Eingang der U-Bahn. Der Nieselregen umhüllte den Boden wie ein glänzender Schleier, wie durchsichtige Spitzenunterwäsche. An den Kreuzungen schimmerte der feuchte Asphalt rot, grün und gelb.

Wenig später erreichte sie den U-Bahn-Eingang. Langsam ging sie die Stufen hinunter, eine nach der anderen, hinweg über Becher mit dem McDonalds-Logo, Pappschachteln aus dem Asia-Imbiss und zerknitterte Fahrscheine. Ihre Schritte auf dem Beton hallten immer lauter, je tiefer sie unter die Erde vordrang. Sie dachte an die folgende halbe Stunde, an das Warten auf die erste U-Bahn. An die endlosen dreißig Minuten auf dem Bahnsteig im fahlen Licht der Neonröhren, von dem ihr die Augen wehtaten. Sie vergrub die Hände mit geballten Fäusten in den Taschen ihres Mantels, um ihre Finger warm zu halten, und sank auf die an der Wand befestigte Bank. Dies war der zermürbendste Moment des Tages. Das Kinn sank ihr immer wieder auf die Brust, sie musste gegen den Schlaf ankämpfen. Sie konnte kaum noch klar denken, kaum noch geradeaus sehen. Müde blickte sie sich um. Die leeren Heinekenflaschen auf den Gleisen, die Plakate an den Wänden, die für Coca-Cola oder das neueste iPhone warben, für eine Reise nach Punta Cana, die Fettflecken auf den Fliesen. Gegen die Erschöpfung ankämpfen. Gegen die Kälte ankämpfen. Gegen sechsunddreißig Jahre Kampf ankämpfen.

Und wofür? Selbst wenn sie den Kampf gewann, bekam sie nur den Trostpreis: das Recht, für einen weiteren Tag in den Ring zu steigen und eine weitere Runde auszutragen, die genauso ablaufen würde wie alle anderen. Der einzige Unterschied war der Verschleiß, der sich jeden Tag mehr bemerkbar machte. Sie starrte ins Leere und dachte darüber nach, dass im Laufe der Zeit immer mehr Knöpfe vom Mantel ihres Lebens abspringen und spurlos verschwinden würden, sodass sie keine Chance hätte, sie wieder anzunähen. Und wenn sie dann ein kalter Wind träfe, würde sie ihm standhalten? Wie lange noch wäre sie in der Lage, für vierzehn Dollar die Stunde jede Nacht irgendwelche Büros zu putzen, Papierkörbe zu leeren und den Boden zu wischen? Wann würden das Chlorox und Windex ihre Lungen so sehr angegriffen haben, dass sie arbeitsunfähig wäre? Eigentlich hatte sie längst aufgehört, sich diese Fragen zu stellen, denn sie hatte mittlerweile begriffen, dass es für ihr Problem keine Lösung gab. Also band sie sich weiterhin jede Nacht ihr Tuch um den Kopf und schob ihren Putzwagen durch das Bürogebäude. Die Nachtschicht war eine einsame Schicht. Die Putzkolonne verteilte sich über das ganze Gebäude, sodass man einander nicht begegnete: So war es effizienter. Hin und wieder stieß sie auf einen Büroangestellten, der bis tief in die Nacht arbeitete, auf seinen Bildschirm starrte und auf die Tastatur einhämmerte. Manchmal hob dieser Büroangestellte kurz den Blick, selten lächelte er ihr zu, aber nie sah er sie. Sobald sie seinen Papierkorb geleert hatte, vergaß er sie wieder. Also setzte sie ihren Weg stumm fort. Sie hatte gelernt zu schweigen, um nicht zu stören. Zu schweigen, um ihre Kräfte zu schonen. Zu schweigen, weil sie nichts mehr zu sagen hatte. Weil sie niemandem mehr etwas zu sagen hatte.

Selbst Olaosanmi nicht.

Die U-Bahn näherte sich mit dumpfem Grollen. Wie jede Nacht spürte sie schon vorher den Sog des Zugs, der mit voller Geschwindigkeit durch den Tunnel raste. Ein paar Papiere, die auf dem Boden herumlagen, hoben sich wie von selbst in die Luft und schwebten ein paar Meter in die Richtung, aus der der Zug kam. Gleich darauf begannen die Lautsprecher, die irgendwo über ihrem Kopf verborgen waren, zu knistern. Eine monotone Stimme, unterbrochen von statischem Rauschen, kündigte die Einfahrt des Zuges an. Sie stand auf.

Olaosanmi, ihr Fleisch und Blut. Sie musste an den warmen, weichen Körper ihrer Tochter denken. Früher hatte sie sie im Arm gehalten, die Nase an ihrem Hals vergraben und den Geruch ihres Haars eingeatmet. Doch das war nur noch eine ferne Erinnerung. Mittlerweile war alles anders, und sie hatte Olaosanmi nichts mehr zu sagen. Zwischen ihr und der verschlossenen Vierzehnjährigen, zu der ihre Tochter herangewachsen war, herrschte eine unüberbrückbare Distanz. Wenn sie frühmorgens von der Arbeit kam, schlief ihre Tochter hinter verschlossener Tür in ihrem Zimmer. Auf Zehenspitzen schlich sie ins Badezimmer und schloss vorsichtig die Tür, damit das Rauschen der Dusche ihre Tochter nicht weckte. Dann stützte sie die Unterarme gegen die Kacheln und ließ sich das Wasser lange Zeit über Nacken, Rücken, Po und Beine laufen. Sie spürte es zwischen ihren Schenkeln. Das Streicheln des Wassers war die einzige Berührung, die es in ihrem Leben gab. Sonst war da niemand, kein Mann, keine Freunde, keine Feinde, nur das Wasser, das ihr übers Gesicht lief und sich mit ihren Tränen vermischte. Umhüllt vom Wasserdampf weinte sie stumm, ohne jedes Geräusch, ohne jedes Gefühl. Sie weinte ohne Grund, einfach nur deshalb, weil sie es sich in diesem Moment erlauben konnte. Wenn sie schließlich das Badezimmer verließ und zu der Schlafcouch hinten im Wohnzimmer ging, drangen bereits die ersten Sonnenstrahlen durch die Lamellen der Jalousien und warfen breite Streifen auf den Boden. Sie zog die wunderbar weiche Bettdecke über sich und atmete den Kakaobutterduft ihres Duschgels ein. In der Küche sang ihr der tropfende Wasserhahn jede Nacht ein Schlaflied. Die ersten Vögel begannen zu zwitschern. Todmüde schlief sie ein, bevor ihre Tochter erwachte.

Die Scheinwerfer der U-Bahn kamen immer näher und erhellten Stück für Stück den Bahnsteig. Selbst Olaosanmi hatte sie nichts mehr zu sagen. Sie waren wie zwei Fremde, die zwei getrennte Leben lebten, die eine tagsüber, die andere nachts, und das seit Jahren. Früher war alles anders gewesen.

Bevor diese Stadt ihr alles genommen hatte. Früher hatten sie in Abuja gelebt. Und davor in Maiduguri. Dort war sie glücklich gewesen.

In Maiduguri hatte sie Iweha mit seinem strahlenden Lächeln kennengelernt. Nie würde sie vergessen, wie er seine kräftigen Hände im Hinterzimmer des Ladens seines Onkels, in dem er arbeitete, unter ihre Kleider schob und ihre Hüften und Brüste berührte.

»Dein Onkel kann jeden Moment wiederkommen!«, stieß sie jedes Mal atemlos hervor.

Doch wenn sie dann ein Geräusch hörten und er seine Hände hastig zurückziehen wollte, aus Angst, der Onkel könnte eher vom Gebet zurückgekehrt sein, hielt sie seine Handgelenke fest, während er sie mit einer Mischung aus Panik und Begehren ansah. In der schwülen Luft des Hinterzimmers umklammerten sich zwei halbnackte, schweißbedeckte Körper auf dem Betonboden, wo sich Sandkörner in Ellbogen und Knie bohrten. An einem jener heißen Nachmittage, in der Dreiviertelstunde, die auf den Ruf des Muezzins zum Dhuhr-Gebet folgte, während Onkel Aziz in der Moschee war, hatten sie ihre Tochter gezeugt. Sie gab ihr den Namen Olaosanmi, »mein Morgen wird besser sein«. Es folgte eine bescheidene Hochzeit, mehr konnten Iweha und sie sich nicht leisten. Die nächsten Jahre waren ihr größter Schatz. Der Anker ihres seelischen Gleichgewichts. Dank dieser drei Jahre hatte sie noch nicht den Verstand verloren. Einzig die Erinnerung an jene Zeit hielt sie am Leben.

Doch dann gründete Ustaz Mohammed Yusuf die *Jama'at Ahl al-Sunnah Lil Dawa Wal Jihad*, die Vereinigung der Sunniten für den Ruf zum Islam und den Dschihad. Er und seine Anhänger bekämpften die Regierung. Sie warfen ihr vor, am Elend im Norden des Landes schuld zu sein. Nach der Diktatur von General Sani Abacha ging es den Menschen schlecht. Dreiviertel der Bevölkerung des Bundesstaats Borno lebten in extremer Armut. Die Säuglingssterblichkeit war hoch, weil es keine Impfungen gab. Yusufs Bewegung kritisierte die Selbstgefälligkeit der Eliten, die als korrupt, verwestlicht und gottlos galten. Die Yusufisten standen in ihren langen Gewändern auf dem Marktplatz und wetterten gegen den gemäßigten Islam der Anhänger Abubakar Gumis. So entstand Boko Haram aus der Asche der Verzweiflung. Fast alle Kinder und Jugendlichen waren Analphabeten, und so ließ Mohammed Yusuf in Maiduguri die Merkaz-Moschee erbauen. Er pries sie als Gebetsort für die Armen und Schule für ihre Kinder. Iweha und sie gehörten zu diesen Armen, Olaosanmi war eines dieser Kinder. Sie nahmen an Versammlungen teil, die von Mal zu Mal größer wurden. Die Leute hatten die Nase voll von den Privilegien der Elite, der korrupten Zentralregierung und der Brutalität der Polizei. Die Reden wurden immer hitziger, immer politischer. Mohammed Yusuf sorgte dafür, dass Ali Maddu Sheriff, der für eine strenge Auslegung der Scharia eintrat, zum Gouverneur gewählt wurde. Yusufs Bewegung bekam weiter Zulauf. Der ehemalige Prediger beleidigte in aller Öffentlichkeit bekannte Politiker. Einige Monate später begann die Staatsmacht mit der Belagerung von Yusufs »heiliger Stadt«, die er in Kanama, einem Dorf im Norden, gegründet hatte. Die Polizei ermordete kaltblütig alle Anhänger Yusufs. Daraufhin unternahm Boko Haram seine erste Strafexpedition gegen die Regierung. Von da an war es mit dem glücklichen Leben in Maiduguri vorbei.

Sie hatte mitansehen müssen, wie die Gewalt eskalierte. Wenn Iweha von den Strafexpeditionen zurück nach Hause kam, zitterte er am ganzen Körper. Er und seine Kameraden fuhren auf Motorrädern in die Stadt und schossen mit ihren AK-47 auf die Sicherheitskräfte, bis das Magazin leer war. Dann folgten das Attentat im Gefängnis von Damaturu, die Angriffe auf die Polizeistationen von Gwoza und Bama, die zwei Tage andauernden Kämpfe in den Bergen von Mandara. Auf beiden Seiten waren viele Tote zu beklagen. Fünf Jahre der Gewalt. Fünf lange Jahre des Schreckens, in denen sie sich nur mit Angst im Bauch und verschleiertem Gesicht auf die Straße wagte. Onkel Aziz hatte sein Geschäft aufgegeben und war geflohen. Eines Tages wurden fünfzehn Glaubenskrieger, die an der Beerdigung eines gefallenen Kameraden teilnahmen, von der Polizei erschossen, mit der Begründung, sie hätten auf ihren Motorrädern keinen Helm getragen. Iweha wiederholte ihr Wort für Wort, was Yusuf daraufhin gesagt hatte: Er würde dem Präsidenten im Internet mit blutiger Rache drohen. Es war eine Kriegserklärung.

Sie würde den 26. Juli 2009 und die blutigen Kämpfe, die wie ein Tornado durch die Straßen Maiduguris fegten, nie vergessen. Überall wurde geschossen. Hunderte von Männern beteiligten sich an dem Aufstand. Die Antwort der Polizei und Armee war von ungeheurer Brutalität. Soldaten drangen in die Häuser ein, erschossen die Männer, jagten die Frauen davon und brannten alles nieder. Im allgemeinen Chaos gerieten viele Zivilisten zwischen die Fronten. Sie starben wie die Fliegen. Wie sollte man sie auch von den Aufständischen unterscheiden? Die Yusufisten hatten zwar Maschinengewehre und selbstgebaute Bomben, trugen aber keine Uniform. Über achthundert Männer starben an jenem Tag. Sie hatte Olaosanmi auf den Arm genommen und war mit einer Gruppe Frauen aus der Stadt geflüchtet. Sie wusste nicht, wo Iweha war. Sie stellte sich vor, dass er von Kugeln durchlöchert in einer dunklen Gasse lag und verblutete. Yusuf, der charismatische Anführer der Rebellen, wurde hingerichtet. Die Regierungssoldaten zwangen ihn auf die Knie und jagten ihm eine Kugel in den Nacken. Die Bilder seiner Leiche wurden von allen Zeitungen und Fernsehsendern verbreitet, als abschreckendes Beispiel.

Sie zog mit der Gruppe Frauen von einem Flüchtlingslager zum nächsten, Olaosanmi an der Hand. Nach mehreren Tagen erreichten sie Abuja, wo Onkel Aziz sich niedergelassen hatte. Er umarmte sie fest und weinte vor Hilflosigkeit:

»Ich liebe dich wie eine Tochter, aber ich kann dich nicht hierbehalten.«

Die Repressionen gegen die Familien von Boko-Haram-Kämpfern waren hart. Ihre Angehörigen wurden ermordet. Onkel Aziz lebte nun zwar schon einige Jahre in Abuja, aber die Ankunft von Iwehas Frau und Tochter rief den Leuten seine Verbindungen zu der religiösen Gruppe in Erinnerung. Er hatte einen Bruder, Ibrahim, der in den USA studierte. Er würde sie und ihre Tochter zu ihm schicken.

Die U-Bahn fuhr ein, und das Kreischen der Bremsen erinnerte sie an das Pfeifen in ihren Ohren auf dem Flug von Lagos. Olaosanmi hatte im Flugzeug die ganze Zeit vor Schmerzen geweint. Ibrahim, Aziz' jüngerer Bruder, holte sie zusammen mit seiner Frau am Flughafen ab. Für kurze Zeit glaubte sie, jetzt wäre alles gut. Ibrahim zeigte ihr die Stadt und besorgte ihr Papiere, mit denen sie unter falschem Namen arbeiten konnte. Von nun an hieß sie Meredith Oyedele. Ihren alten Namen wollte sie nur noch vergessen, ihn für immer im staubigen Boden von Maiduguri begraben. Ibrahim war sehr nett zu ihr, und sie fragte sich, wie sie ihm jemals danken sollte. Die Antwort ließ nicht lange auf sich warten. Eines Abends, als seine Frau aus dem Haus war, kam Ibrahim in ihr Zimmer.

Er war nackt.

In dieser riesigen Stadt, in der sie niemanden kannte, musste sie dafür sorgen, dass Olaosanmi ein Dach über dem Kopf hatte. Sie erinnerte sich noch genau an die vielen Abende, die auf den ersten gefolgt waren. Ihre Tochter spielte im Wohnzimmer, und Ibrahims Frau kam spät nach Hause. Wie könnte sie den Geruch von Schweiß, Speichel und Sperma auf ihrem Körper je vergessen? Eines Tages versäumte sie es, Ibrahim zu erzählen, dass seine Frau früher als sonst nach Hause kommen würde. Ibrahims Frau ertappte sie auf frischer Tat, und noch am selben Abend waren eine Mutter und ihre Tochter obdachlos. Für einige Zeit lebten sie auf der

Straße. Sie wusch sich heimlich bei McDonald's und arbeitete jede Nacht bis zum Umfallen, um sich und ihre Tochter durchzubringen. Die Wohnung, in der sie jetzt jeden Morgen ausgiebig duschte, war der erste Ort seit über zehn Jahren, an dem sie in Sicherheit war. Ein Dach über dem Kopf ihrer Tochter. Was spielte es da schon für eine Rolle, dass Olaosanmi sich in ihrem Zimmer einschloss? Wenigstens hatte sie ein Zimmer, in dem sie sich einschließen konnte.

Die U-Bahn hatte mittlerweile vor ihr gehalten. Aus den Augenwinkeln sah sie zwei Männer auf sich zukommen. Sie bekam Angst. Ihr fiel die Geschichte der jungen Somalierin ein, die eines Nachts nach der Arbeit erstochen worden war, als sie eine Abkürzung über einen Parkplatz nahm. Zum Glück gab es in der U-Bahn Kameras. Die beiden Männer steuerten geradewegs auf sie zu. Die Türen der U-Bahn glitten auf. Sie trat einen Schritt vor. Einer der beiden Männer streckte den Arm nach ihr aus und fragte:

»Mojirayo Ogunkoya?«

Ein Name, der für immer im staubigen Boden von Maiduguri begraben lag. Das Gefühl eines Erdbebens, das den Boden erschüttert. Eine schmerzhafte Erinnerung. Sie erstarrte mitten in der Bewegung. Ihr Herz begann zu rasen, ihr wurde übel. Sie brachte kein Wort hervor, sie stand einfach nur da und wartete.

»Kriminalpolizei. Sind Sie die Mutter von Olaosanmi Ogunkoya?«

Sie hielt die Luft an und wartete.

»Frau Ogunkoya, wir haben leider eine schlechte Nachricht für Sie.«

II

In der Dunkelheit lief ihr eine Träne über die Wange. Sie rollte ihr langsam übers Gesicht und leckte an ihrer Haut wie eine kalte Zunge.

Sie hatte ihn auf einer Bank auf dem Spielplatz kennengelernt. Die besten Geschichten beginnen manchmal mit einer ganz banalen Frage.

»Wie heißt du?«

»Olaosanmi.«

Ein Gespräch, das gar nicht hätte stattfinden dürfen. Sie war an dem Tag rein zufällig in den Park gegangen. Aber das Glück ist wie eine exotische Frucht in einem Obstladen. Aus all den fremden Früchten wählst du eine aus. Du schälst sie und beißt hinein, und der Saft durchdringt jede Pore deines Seins. Er hatte sie angelächelt. Seine strahlend weißen Zähne, sein blaues Hemd, das frische grüne Gras, vielleicht auch die roten Backsteingebäude auf der anderen Straßenseite, die in der Sonne leuchteten, all diese kräftigen Farben hatten sie irgendwie berührt.

»Aber ich werde Ola genannt.«

Wie alle, die ihren Vornamen zum ersten Mal hörten, neigte auch er den Kopf leicht zur Seite und lauschte dem Klang. Olas Akzent war ungewöhnlich, er folgte einem unbekannten Rhythmus, einer fremden Melodie, er war fließend und geheimnisvoll wie die Bewegungen eines Breakdancers, der bunte Tücher an den Gelenken trägt. Wie auch sie, kam ihr Akzent nicht von hier. Sie und ihr Akzent hatten eine lange Reise hinter sich. Er hatte dem Klang ihres Vornamens gelauscht und ferne Flüsse gesehen, den staubigen Boden einer anderen Welt und einen riesigen Ozean, aber auch bunte Herbstblätter und das Rascheln von Laub, wenn Kinder die Rutsche hinuntersausten und auf dem Boden landeten.

Sie war ihm an einem Sonntagmorgen zum ersten Mal begegnet. Sonntags arbeitete ihre Mutter nicht, deshalb hatte Ola die Wohnung schon früh verlassen, kurz nachdem ihre Mutter von der Arbeit gekommen war. Ihre Mutter musterte ihre Leggins und die dünne Jeansjacke und warf einen Blick durchs Fenster mit den halb heruntergelassenen Jalousien. Es wurde Herbst, die Welt war in Pastellfarben getaucht, und morgens war es bereits empfindlich kühl. Aber sie hatte nichts gesagt. Also leerte Ola ihre Schüssel Cheerios und ging. Im Treppenhaus stiegen ihr die Essensgerüche aus unzähligen Ländern in die Nase, der betörende Duft verschiedenster Gewürze, Curry und Harissa, Kurkuma und Paradieskörner. Auf jedem Treppenabsatz stellte sie sich das Leben hinter den Türen vor, Menschen, die lachten und gestikulierten, sich lautstark unterhielten oder durch die Wohnung liefen, Menschen mit schwarzer, dunkelbrauner und kupferfarbener Haut. Im Erdgeschoss roch es nach Haschisch. Sie ging mit gesenktem Kopf die Straße entlang, ihren MP3-Player in der Hand, die Stimme von Chrisette Michelle, die *Good Girl* sang, in einem Ohr, und starrte auf die neonfarbenen Schnürsenkel ihrer Converse. Sie kannte das Viertel in- und auswendig und hätte sich im Schlaf zurechtgefunden. Sie wusste blind, welche Grautöne die Steinstufen vor den Veranden hatten, auf denen im Sommer junge Frauen in geblümten Kleidern oder ärmellosen T-Shirts saßen und einander mit flinken Bewegungen das Haar flochten. Ohne innezuhalten, hoben sie den Blick und grüßten Ola mit einem Kopfnicken. Sie kannte jeden Ast und jeden Baum und wusste, wo die Schwalben morgens mit taufeuchten Flügeln landeten und wo sie im Frühling zwitschernd ihre Nester bauten. Sie kannte jeden Hinterhof und jede Seitengasse, wo die Jugendlichen im Winter in dicken Daunenjacken heimlich knutschten. Nachts bevölkerten die Dealer aus Max' Gang die Seitengassen, weil sich dort nie ein Polizeiauto blicken ließ. Sie kannte den großen Hund am Ende der Straße, der sich bellend gegen den Zaun warf und einen zu Tode erschreckte. Das hier war ihr Zuhause. Das Viertel war ihr Zuhause, seit sie aus ihrer vorigen Wohnung verjagt worden waren, weil ihre Mutter sich schamlos dem Onkel ihres Ehemannes hingegeben hatte. Ola erinnerte sich noch genau an jene Abende, als sie auf dem kalten Kachelboden im Wohnzimmer gesessen und Onkel Ibrahims Grunzen und dem Stöhnen ihrer Mutter gelauscht hatte. Wenig später waren die beiden aus ihrem Zimmer gekommen und hastig im Badezimmer verschwunden. Ihre Mutter blieb kurz im Flur stehen, warf ihr einen besorgten Blick zu und redete sich ein, dass ihre Tochter in ihr Spiel versunken war und nichts mitbekam. Aber Ola war schon damals kein Kind mehr gewesen. Sie war kein Kind mehr, seit sie mitangesehen hatte, wie ihr Vater die Straße überqueren wollte, um zu ihnen zu gelangen, und plötzlich von zwei Soldaten gepackt und durch den Staub in eine dunkle Gasse geschleift worden war. Ihre Mutter zog sie weiter, und Ola sah nicht, was als Nächstes passierte. Ihre Mutter hatte nichts von der Szene mitbekommen, und Ola hatte sie nicht darauf aufmerksam gemacht. Sie wollte ihre Mutter beschützen. Mittlerweile bereute sie die Entscheidung. Vielleicht hätte sie dafür sorgen sollen, dass ihre Mutter hinsah. Vielleicht wäre alles anders gekommen, wenn ihre Mutter gewusst hätte, dass ihr Mann am 26. Juli 2009 in eine dunkle Gasse geschleift und wie ein Straßenköter erschossen worden war. Vielleicht hätte sie sich dann nicht so schamlos seinem Onkel hingegeben.

Erst hatte sie ihn nur von Weitem gesehen. Sie war die Straße entlang auf den Park zugegangen. Er saß mit dem Rücken zu ihr auf einer Bank, die Arme ausgestreckt auf der Lehne, und ließ den Blick gedankenverloren über den Spielplatz schweifen. Noch war der Spielplatz leer, aber bald würden hier Horden von Kindern herumtoben. Sie hatte sein kurzrasiertes Haar gemustert, die hochgezogenen, kantigen Schultern unter der Winterjacke. Eigentlich hatte sie gar nicht zum Spielplatz gewollt. Sie wollte den ganzen Tag durch die Stadt laufen und vielleicht bei ihrer Schulfreundin Caroline zu Mittag essen. Vor dem Park blieb sie zögernd stehen. Sie warf einen Blick nach Westen zu dem Alkoholladen gegenüber der Bushaltestelle, wo Rastaman Malik, Evelynes großer Bruder, von der Polizei erschossen worden war. Vor dem Laden standen vier Männer in Daschikis und gestikulierten lebhaft. Hin und wieder nahm einer einen Schluck aus einer Bierdose, die in einer braunen Papiertüte verborgen war. Dann warf sie einen Blick in die andere Richtung, zur Kirche, die unter der Woche kalt und abweisend wirkte, während sie sonntags vor Leben vibrierte, wenn Männer mit strahlendem Lächeln, Frauen mit breitkrempigen Hüten, Jungen mit Hemd, Fliege und Lederschuhen und Mädchen mit bunten Schleifen im Haar zum Gottesdienst strömten. Schließlich sah sie hinüber zum Park. Vielleicht war es ja Schicksal gewesen. Sie überquerte die Straße, schlenderte über den Spielplatz, vorbei an den Schaukeln und der Rutsche, und lauschte dem Geräusch ihrer Sohlen auf dem feuchten Gras. Hinter sich hörte sie vereinzelt das Hupen eines Autos. Die Stadt erwachte zum Leben. Sie spazierte herum, bis sie merkte, dass er ihr mit dem Blick folgte. Er zog an seiner Zigarette und kratzte sich den Dreitagebart. Sie ging auf ihn zu und setzte sich neben ihn. Er lächelte sie an.

»Wie heißt du?«

»Olaosanmi. Aber ich werde Ola genannt.«

Er hieß Kevin, und seine Augen unter den langen geschwungenen Wimpern schienen unaufhörlich zu lachen. Die Lider halb geschlossen, die fast aufgerauchte Zigarette im Mundwinkel, zeigte er mit dem Kinn auf ein Taxi, das auf der anderen Straßenseite parkte. Kevin saß jeden Tag am Steuer seines Wagens und beobachtete die Fahrgäste im Rückspiegel, die vielen verschiedenen Gesichter, aus denen das Kaleidoskop dieser Stadt bestand. Jeden Tag fuhr er kreuz und quer durch die Gegend. Gleichgültig steuerte er seinen Wagen durch das Bankenviertel, ein Labyrinth aus Hochhäusern im gläsernen Kleid voller gehetzter Geschäftsleute und Frauen im Kostüm. Staunend fuhr er in den reicheren Wohnvierteln an Doppelhaushälften mit leuchtend grünen, weil unermüdlich gewässerten Rasenflächen vorbei, wo Putzfrauen unbestimmten Alters in abgetragenen Mänteln und laufmaschigen Strumpfhosen die Straße entlanggingen und überhaupt nicht zur Umgebung passten. Desillusioniert

lenkte er sein Taxi durch heruntergekommene Gewerbege-
biete, die dem gebrochenen Versprechen eines wirtschaftli-
chen Aufschwungs zum Opfer gefallen waren, wo Gruppen
rauchender Männer in Jogginganzügen an grauen Mauern
lehnten und Löcher in die Luft starrten. Er fuhr jeden Tag
quer durch die Stadt, kam aber immer, wenn es nichts zu tun
gab, hierher in den Park, wo der Tau in den Morgenstunden
die Grashalme zum Glitzern brachte. All das erzählte er ihr,
und sie lauschte ihm begierig. Auch sie erzählte ihm Dinge,
die sie noch nie jemandem anvertraut hatte. Sie erzählte von
ihrer Heimatstadt, vom Krieg und vor allem von ihrem Vater
und von den Soldaten, die ihn weggeschleift hatten. Sie malte
die Abzeichen, die sie auf ihren Uniformen gesehen hatte,
für ihn in den Sand. Und sie erzählte von ihrer Mutter. Sie
unterhielten sich mehrere Stunden lang und rückten dem
anderen immer näher, bis ihre Wangen sich fast berührten.
Der Park füllte sich allmählich, und die Leute warfen ihnen
missbilligende Blicke zu. Sie sahen von dem Bartschatten
auf seinem Kinn zu ihren Leggins und der Jeansjacke, unter
der sich der erste Ansatz von Brüsten abzeichnete. Sie erzählte ihm, dass sie noch nicht oft in ihrem Leben in einem
Auto gesessen hatte. Kevin stand auf und versprach ihr zum
Abschied, sie beim nächsten Mal ein Stück in seinem Taxi
mitzunehmen. In den nächsten Wochen sahen sie sich oft.
Ola schlenderte durchs Viertel, und es war, als würden eine
Karte in ihrem Inneren und ein unsichtbarer Kompass sie
geradewegs zu ihm führen. Sie redeten viel, er rauchte, sie
kaute ein Juicy Fruit. Dann teilten sie sich einen Hotdog oder
einen Milchshake, und nach einer Weile verabschiedete er
sich. Eines Tages erinnerte sie ihn an sein Versprechen, sie ein
Stück in seinem Auto mitzunehmen, und bei ihrem nächsten
Treffen winkte er sie zu seinem Taxi. An jenem Abend glitten
die Lichter der Stadt stumm über die getönten Scheiben
hinweg. Im kühlen, klimatisierten Innenraum des Wagens
erzählte Kevin ihr, was ihn bewegte. Er erzählte von den

Büchern, die er gelesen hatte, von Marcus Garvey und der panafrikanischen Idee, von der Malcom-X-Autobiografie. Er sagte, sie solle sich auf die Schule konzentrieren und die Finger von Drogen lassen. Er sagte auch, sie solle sich um ihre Mutter kümmern. Während er redete, bewunderte sie die fließenden Bewegungen, mit denen er die Gänge hoch- und runterschaltete. Sie bewunderte den dünnen Schnurrbart über seiner Oberlippe. Bevor sie ausgestiegen war, hatte sie ihn umarmt und ihm einen Kuss auf den Hals gegeben. Als sie wieder auf der Straße stand, fiel ihr auf, dass ein paar Jungs aus Max' Gang sie beobachteten. Sie hatten sie aus dem Taxi steigen sehen und folgten den Rücklichtern, die in der Dunkelheit einen roten Schweif hinter sich herzogen, mit den Blicken. Als Ola auf ihre Haustür zuging, schwang sie die Hüften auf dieselbe Weise wie ihre Mutter, wenn sie damals in Onkel Ibrahims Wohnung im Badezimmer verschwunden war.

Bei ihrem nächsten Treffen war Ola schlecht gelaunt. Kevin fragte, was los sei, ob sie ein Problem mit ihrer Mutter habe. Sie antwortete, nicht ihre Mutter sei das Problem, sondern er. Sie könne ihm nicht trauen. Sie würden sich nun schon wochenlang kennen, aber er würde sie immer nur im Park treffen. Sie wollte ihn in seiner Wohnung besuchen. Kevin nahm ihre Hand.

»Der Park ist ein guter Ort«, sagte er.

»Ich dachte, wir wären Freunde.«

Da nickte Kevin. Wenn sie wolle, könne sie zu ihm kommen. Sie sagte, es müsse abends sein, ziemlich spät, wenn ihre Mutter bei der Arbeit war.

Als sie vor Kevins Tür stand, zögerte Ola einen Moment. Sie schloss die Augen und versuchte, das unangenehme Gefühl des Lippenstifts auf ihrem Mund zu vergessen. Der Lippenstift gehörte ihrer Mutter und war klebrig wie ein viel zu süßes Bonbon. Würde Kevin der grelle Lidschatten gefallen, den sie unbeholfen aufgetragen hatte? Eine Stunde zuvor hatte sie ihr Spiegelbild im Badezimmer angelächelt. Sie hatte sich selbst nicht wiedererkannt, was sie mit einer gewissen Genugtuung erfüllte. Dann hatte sie sich vor dem Spiegel nackt ausgezogen. Ihre Schlüsselbeine begutachtet und die beiden kleinen Hügel mit den schwarzen Spitzen, die seit einiger Zeit darunter wuchsen. Ihre Rippen gemustert, die sich unter der Haut abzeichneten und ihren Oberkörper wie die gespreizten Finger einer Hand umschlossen. Ihre hervorstehenden Hüftknochen betrachtet. Dann war ihr Blick hinunter zu den dünnen Oberschenkeln und dem Dreieck aus krausem schwarzen Flaum gewandert.

Nach langem Zögern klopfte sie an die Tür. Als Kevin öffnete, starrte er sie schockiert an. Auch er erkannte sie nicht wieder. Er vergewisserte sich mit einem schnellen Blick, dass niemand sie in seine Wohnung gehen sah.

Den ganzen Abend über war er distanziert. Sie teilten sich eine Pizza und eine Cola, redeten viel und lachten sogar, aber Kevins Blick ging überallhin, zum Fenster, zu den Möbeln, zum Teppich, nur nicht zu ihr. Nach dem Essen rückte sie auf der Couch an ihn heran und starrte beschämt zu Boden. Tränen schossen ihr in die Augen.

»Was ist?«, fragte er leise. »Ist irgendwas nicht in Ordnung?«

»Ich gefalle dir nicht«, sagte sie mit belegter Stimme.

Er sah sie lange an und ließ sich mit der Antwort Zeit. Sie stellte sich vor, was er sagen würde: Sie sei noch ein Kind, keine fünfzehn Jahre alt, er sei zehn Jahre älter, und es sei illegal. Sie hob den Blick und sah ihn an. Ängstlich wartete sie auf seine Abfuhr.

»Du bist wunderschön«, sagte er. »Wenn ich mich nicht zurückhalten würde …«

In ihrer Brust explodierte eine Bombe, und Ola brach in Tränen aus. Ihr Schluchzen übertönte Kevins letzte Worte. Er nahm sie in den Arm. Sie blickte zu ihm hoch. Er küsste sie zärtlich auf den Mund. Ihr erster Kuss. Sie schloss die Augen und versuchte, dem gierigen Spiel ihrer Zungen zu folgen. In ihrem Inneren lächelte sie. Ihr erster Zungenkuss! Mehr hatte sie nicht gewollt. Jetzt konnte sie zufrieden nach Hause gehen. Doch da presste Kevin seine Hand auf ihre Brust. Sie versteifte sich, aber er bemerkte es nicht. Seine kräftigen Finger schoben sich unter Olas Hemd, die Knöpfe sprangen auf und entblößten nach und nach einen Streifen nackter Haut, vom Bauchnabel bis zum Hals. Dann fummelten seine Finger an der Gürtelschnalle ihres Rocks herum. Sie war zwischen ihm und der Couch eingeklemmt und rührte sich nicht. Ihr Verstand war wie gelähmt. Sie wartete ab. Bald war sie nackt, lag mit angewinkelten Beinen da und schauderte in der kühlen Luft. Kevin stand auf und zog sich ebenfalls aus. Sie betrachtete seinen Männerkörper, so groß, so schwer, so beängstigend. Ihr Herz raste. Langsam streckte Kevin die Hand aus, zog an der Schnur der Lampe und tauchte das Zimmer in Dunkelheit.

Sie trug nur noch ihre Armbanduhr mit den fluoreszierenden Zeigern am Körper. Starr vor Schreck wartete sie, was als Nächstes passieren würde. Eine feuchte Zunge strich ihr über die rechte Brust. Ihr war eiskalt.

In der Dunkelheit lief ihr eine Träne über die Wange. Sie rollte ihr langsam übers Gesicht und leckte an ihrer Haut wie eine kalte Zunge.

»Nein.«

Kevins Stimme erklang in der Dunkelheit.

»Du gehst jetzt besser. Es tut mir leid.«

Sie stand wortlos auf und tastete im Dunkeln nach ihren Sachen. Aus den Augenwinkeln sah sie Kevins Gesicht im weißen Mondlicht. Sie las darin tiefe Scham.

Er zog sich unbeholfen im Dunkeln an und begleitete sie zur Tür. Dann folgte er ihr hinaus auf den Flur und betrat nach kurzem Zögern mit ihr zusammen den Fahrstuhl. Die kühle Nachtluft war erfrischend. Sie sahen einander nicht an. Nach langem Schweigen sagte Kevin schließlich, er würde sie in seinem Taxi nach Hause fahren. Der Wagen parkte in der Seitengasse. Als sie dort ankamen, ertönte hinter ihnen eine Stimme.

»Moment mal!«

Drei Silhouetten versperrten ihnen den Rückweg. Ola erkannte Max und zwei seiner Jungs. Die drei kamen auf sie zu. Max' Stimme drang durch die Dunkelheit.

»Und, hast du sie gefickt?«

Erst jetzt sah Ola den Wagenheber in seiner Hand. Kevin wich einen Schritt zurück.

»Wir beobachten dich schon eine ganze Weile, Taximann. Ich hab im Leben schon viel Scheiße gesehen, aber sich über eine Vierzehnjährige ohne Vater herzumachen, ist echt widerlich. Dafür wirst du bezahlen, Mann.«

Der Wagenheber sauste durch die Luft. Ein rauer Schrei hallte durch die Gasse. Weitere Schreie folgten. Ola krümmte sich wimmernd auf dem Boden zusammen. Der zerschmetterte Körper neben ihr war ein grauenhafter Anblick. In diesem Moment drehten sich die beiden anderen jungen Männer zu ihr um.

»Und dir werden wir auch eine Lektion erteilen!«

Sie kamen langsam näher und zogen ihre Gürtel aus den Schlaufen.

»Mojirayo Ogunkoya? Kriminalpolizei. Sind Sie die Mutter von Olaosanmi Ogunkoya?«

In dem menschenleeren U-Bahnhof wartete Olaosanmis Mutter mit klopfendem Herzen.

»Ihre Tochter und ein Freund Ihrer Tochter wurden heute Nacht auf der Straße überfallen.«

Ihre Beine begannen zu zittern, und sie suchte vergeblich nach etwas, woran sie sich festhalten konnte, um nicht das Gleichgewicht zu verlieren. Einer der Beamten ergriff ihren Arm.

»Ist sie …«

»Die Angreifer haben Ihre Tochter mit Gürteln grün und blau geschlagen. Sie hat schwere Verletzungen davongetragen, aber sie lebt. Ihr Freund hat den Angriff leider nicht überlebt. Ihre Tochter ist jetzt in der Notaufnahme. Sie steht unter Schock. Ihre körperlichen Wunden werden wahrscheinlich schneller heilen als ihre seelischen. Das wird nicht leicht, Frau Ogunkoya. Olaosanmi braucht Sie jetzt. Es wird sich einiges ändern müssen.«

Ja, dachte sie, es wird sich einiges ändern müssen. Olaosanmi brauchte sie.

übersetzt von Sonja Finck

Clémentine Beauvais
DIE SELTSAME GESCHICHTE
DER BEIDEN LIEBSCHAFTEN DES
JEAN-BAPTISTE ROBERT

\\\

Mit siebenundvierzig Jahren ein befriedigendes Liebes- und Sexleben zu haben, ist kein Pappenstiel. Jean-Baptiste Robert brachte beides parallel unter einen Hut, und das so geschickt, wie ein Gärtner seine Spalierstangen pflanzt. Übrigens mochte er es auch, in diesen Begrifflichkeiten zu denken, wenn er darüber nachsann. Auf der einen Seite hatte er seinen kleinen Vorgarten französischer Art mit Kirschtomaten, süßen Äpfeln, goldgelben Aprikosen und kleinen zarten Zwiebeln bepflanzt: Seine Frau Alice war rund wie ein Butterzopf mit weichen Fettschichten um den Bauch, küsste ihre Kinder mit der Großzügigkeit eines Papstes, sprühte sich »*Tartine et Chocolat*«-Parfüm hinter die Ohren und hörte, ihm die Hand streichelnd, seinen ständigen, ausführlichen Reden zu, während sich die Nacht über das große Ehebett legte.

Auf der anderen Seite pflegte er sein tropisches Treibhaus, mit fleischfressenden Pflanzen in unwirklichen Farben, würzig duftenden Blüten, mit scharlachroten und tödlichen Dornensträuchern: Seine Geliebte Célia war scharf wie ein indischer Dolch, jung und derb, mit weißen Zähnen und brennender Haut, und sie empfing ihn in ihrer Dachgeschosswohnung mit der geballten Ladung ihrer knallroten Haarpracht. Jean-Baptiste mochte diese Analogie. Genau wie der Gärtner seiner Tagträume teilte er seine Zuneigung zwischen beiden auf, ohne eine der anderen vorzuziehen. Erstere schenkte ihm zärtliche Tage, zweitere ein paar leidenschaftliche Minuten.

Jean-Baptiste, dies ist offensichtlich geworden, war ein Dichter oder hätte einer werden können. Zumindest war er Dozent und unterrichtete Literatur an der Universität. Seine liebste Stilfigur war selbstverständlich die Metapher, und zwar bevorzugt mehrstufig, doch er mochte auch das Zeugma, das Anakoluth und das »non sequitur«, wegen ihres exotischen Beigeschmacks. Sein Leibgericht war schon immer Lauchsalat gewesen. Sehr gern schlenderte er durch die Heimwerkerabteilung des Baumarkts, um sich dabei die Renovierung seiner Wohnung auszumalen. Er mochte Roland Barthes, abgesehen von dessen Analyse der *Phèdre* von Jean Racine. Seine drei Kinder Noé, Léa und Théo waren kleine sommersprossige Engel, die zu schnell heranwuchsen. Wo waren diese wunderbaren Stunden hin, in denen er ihnen die Abenteuer von Bernard und Bianca oder die schauerlichen Märchen von Kapitän Nemo vorgelesen hatte? Seine eigenen Eltern waren im Krankenhaus eines natürlichen Todes gestorben, Gott sei Dank; er hätte sie nicht leiden sehen wollen. Alle seine Kollegen waren liebenswerte Zeitgenossen, und er verstand sich mit dem Rektor der Universität.

In einem Hörsaal zu sprechen, begeisterte ihn besonders, und vor den ansteigenden Studentenreihen stehend fühlte er sich wie ein griechischer Schauspieler mit tausend Masken, die er nach Belieben austauschen konnte: aufbrausend im *Bateau ivre*, mütterlich als Madame de Grignan, empfindsam bei Laclos, ein Fremder wie Camus. Er lachte über die Apathie seiner Studenten, die er als Ergebnis einer Hypnose sowie ihres jugendlichen Leichtsinns betrachtete und die dazu führte, dass sie Assonanz mit Alliteration verwechselten. Kurzum: Er war ein Mann von gutmütigem Wesen.

Er hatte Alice im Konferenzraum der Universität kennengelernt, wo sie damals Psychiatrie und Chemie unterrichtete;

zweifelsohne eine merkwürdige Kombination, aber ihr zufolge auch nicht merkwürdiger als die Kombinationsmöglichkeiten von Molekülen, die dann den Unterschied zwischen Kohlenstoff und rosigen Babys ausmachten. Sie war Spezialistin für Schizophrenie, und ihre vielen Fälle hatten ihr eine Engelsgeduld zuteil werden lassen, die sie in jeglicher Lage unter Beweis stellte. Jean-Baptiste nannte sie sehr gerne »meine kleine Chemikerin«, denn Alice war nie glücklicher als beim Hantieren mit Phiolen und brodelnden Flüssigkeiten, was sie im Übrigen auch zu einer ausgezeichneten Köchin machte. Es war faszinierend, sie am Werk zu sehen: eine Messerspitze mit rosafarbenem Pulver klirrte gegen ein Reagenzglas, der Bunsenbrenner entzündete sich schnalzend, woraufhin sich ein weißer zarter Stoff von einer goldfarbenen Flüssigkeit absetzte. Zwischen ihren kleinen, pummeligen Fingern verwandelte sich Dampf in Eis, Eisenspäne in Baumwollfasern, Diamanten zerflossen in einen Regen unendlich kleiner, glitzernder Kristalle. Alice hatte schnell begriffen, dass sie nicht ans Dozentenpult gehörte. Wenn die Welt sie brauchte, dann als Erfinderin, als zukünftige Nobelpreisträgerin. Also hatte sie die Universität einige Jahre später mit einem Ehemann, einem Kind im Bauch und einer großartigen, revolutionären Idee verlassen, die sie geheim hielt – der Wettbewerb verpflichtet.

Durch einen Zufall, den manche als außergewöhnlich und manche schlicht als amüsant bezeichnen würden, hatte Jean-Baptiste auch Célia an der Universität kennengelernt, diesmal in den Reihen der Studenten. Célia studierte Geologie und schrieb ihre Abschlussarbeit über die Magmaschmelze, was hervorragend zu ihrer Persönlichkeit passte. Sie war groß und überschäumend, spindeldürr, um nicht zu sagen knochig. Ihre Schulterblätter bewegten sich erkennbar unter ihrer glühenden Haut, wie zwei tektonische Platten. Wenn sie Jean-Baptiste umarmte, hörte er bisweilen ihre Ellbogen knirschen. Ihre Finger knackten beim Schreiben, und mit Pfennigabsätzen durchlöcherte sie den Fußboden ihrer Wohnung. Jean-Baptiste war verrückt nach dieser Magerkeit. Wenn er ihren Fußknöchel mit Daumen und Zeigefinger umfasste, konnte er das Bein bis zur halben Wade hinaufstreichen.

Er sah sie bei Weitem nicht jeden Tag. Höchstens einmal in der Woche, manchmal alle zwei Wochen, denn er wartete ab, dass seine geliebte Frau wegen eines Meetings oder einer Konferenz fort war, was wegen ihres guten Rufs recht häufig vorkam. Sobald Alice ihn mit dem tröstlichen Speck ihrer kleinen, dicken Arme umhüllt und mit den Glasfläschchen in der Hand die Wohnung verlassen hatte, wartete Jean-Baptiste zwanzig bis dreißig Minuten, um sicherzugehen, dass sie ihre Metro erwischt hatte, bevor er Célias Nummer wählte. Wie ein treuer Soldat hob Célia sofort ab; sie machten ein Treffen drei Stunden später aus. Und nachdem Jean-Baptiste seinen Vaterpflichten nachgekommen war und sich des tiefen Schlafs seiner Kinder vergewissert hatte, entschlüpfte auch er der Wohnung.

Célias Appartement befand sich ganz oben im achten Stock eines Zwillingsturms in einem Häuserblock im 15. Arrondissement. Es war winzig klein und so eckig wie seine Besitzerin, mit orangenem Teppichboden, weißen Wänden, einigen Geologie-Büchern und einem großen Bett, das stets das Endziel der nächtlichen Verabredungen darstellte. Célia war nicht sehr gesprächig; Jean-Baptiste wusste nur, dass sie keinen festen Freund und keine Familie hatte, dass sie vor sechsundzwanzig Jahren mehr oder minder zufällig das Licht der Welt erblickt und das Leben sie mit einer ordentlichen Portion Temperament ausgestattet hatte. Letztendlich wollte er auch nicht mehr wissen. Ihm genügte die herbe Erhabenheit ihres Bauches, der so flach war wie ein Blatt; die Spur ihrer Nägel in seinem lichter werdenden Haar; die endlose Bräune ihrer spindeldürren Beine. Er hatte sich gefragt, was eine so schöne junge Frau an einem Mann wie ihm fand, einem glücklich verheirateten, alternden Gelehrten, dessen Körper sich bereits mit Falten zu bedecken begann. Aber Célia, mit ihrem typischen spitzen Lachen, hatte ihm geantwortet, dass ihr diese Beziehung seit ihrer ersten Begegnung auf dem Chemie-Korridor unvermeidlich erschienen war. Und so war es auch sie gewesen, die ihn verführt hatte, indem sie ihre schmalen Finger zwischen die beiden oberen Knöpfe seines Hemdkragens schob und ihm, mit einem Lächeln, das ihre weißen Eckzähne aufblitzen ließ, beißend saure Zitronentees servierte. Jean-Baptiste war auch nur ein Mann. Und Célia verhalf ihm zu einem guten Gewissen, da sie ihn ständig an seine Frau erinnerte, ihm tausend Fragen über seine Hochzeit stellte und ihn bat, von seinen Flitterwochen zu erzählen. Im Grunde war sie eine Romantikerin.

Gegen zwei Uhr morgens machte sich Jean-Baptiste davon und kehrte in die familiäre Heimstatt zurück, ins lauwarme, süßliche Schlafzimmer, mitten in das große Bett, das ihn großzügig aufnahm. Er vergrub sich in die Kissen, unter die Daunendecke, und am nächsten Morgen gegen sieben Uhr brachte ihm Alice, die mit dem ersten Zug nach Hause gekommen war, eine heiße Schokolade und ein duftendes Croissant. Sie trug ihren Morgenmantel aus Fleece und war samtweich wie ein Küken. Die beiden unterhielten sich eine gute Stunde, wechselten warme und lächelnde Blicke und streichelten sich gedankenverloren die Hand. Dann merkte Jean-Baptiste, dass er spät dran war, sprang aus dem Bett, küsste seine Frau auf ihren zarten, dicken Hals und eilte in die Universität. Célia, die nur ins naturwissenschaftliche Institut ging und meistens zu Hause arbeitete, begegnete er nie, und das war auch gut so. Seine beiden Leben verliefen völlig ohne Berührungspunkte, er führte sie so geschickt nebeneinander her wie ein Dirigent den fülligen Kontrabass und die zarte Flöte. Ja, Metaphern gab es viele, um diese Erfolgsgeschichte in Bildern zu beschreiben. Jean-Baptiste war stolz auf sich.

So ging alles seinen Lauf. Es gab keinen Grund, warum es aufhören sollte. Alice vertraute ihrem Mann blind; Célia hatte kein Interesse daran, eine intakte Familie zu zerstören. Die beiden Frauen würden sich niemals begegnen.

Eines Freitagmorgens weckte Alice Jean-Baptiste, ihren Chemiekasten unter dem einen Arm und einen dicken Aktenordner unter dem anderen, doch ohne das übliche Tablett.

»Ich habe heute Abend eine Konferenz, ich muss los.«

»Komm bald wieder, mein Schatz«, sagte Jean-Baptiste zärtlich und gab ihr einen Kuss in eine Falte ihres Halses.

»Ja, morgen gegen acht, wie immer.«

Sie sah beunruhigt aus, aber Jean-Baptiste sorgte sich nicht. Alice hatte viel um die Ohren, und es war normal, dass eine so außergewöhnliche Frau gelegentlich weniger herzlich war als sonst. Jean-Baptiste streckte sich. Die Kinder hatten Ferien, er musste nur eine Stunde unterrichten; nach zwanzig oder dreißig Minuten streckte er den Arm aus, bekam das Telefon zu fassen und wählte Célias Nummer.

Sie war nicht da.

Jean-Baptiste verstand nicht gleich, warum ihn diese Entdeckung so durcheinanderbrachte. Célia war jung, sie hatte sicherlich noch andere Dinge zu tun. Vielleicht war sie in der Bibliothek oder bei einer Freundin. Außerdem rief er sie fast nie so früh morgens an, und so erwartete sie wohl zu dieser Stunde auch keinen Anruf. Aber dieses unübliche abgehackte Ertönen des »tut-tut« brachte Jean-Baptiste ins Grübeln. Wie viele? Vier oder fünf Jahre lang hatte Célia keinen einzigen Anruf verpasst.

»Komisch«, sagte er zu der bauchigen Vase voller Lotusblüten auf dem Fensterbrett.

Aus welchem Grund auch immer entschied er sich, Célia an diesem Tag nicht mehr anzurufen. Er hielt seinen Unterricht, schrieb am Nachmittag einen Artikel über Baudelaires *L'Étranger* zu Ende, kehrte nach Hause zurück und legte sich in das leere Ehebett.

Am nächsten Morgen wurde Jean-Baptiste vom Klimpern des Löffels in einer Tasse heißer Schokolade geweckt, und er bekam sofort gute Laune.

»War deine Konferenz gut?«, fragte er, während er die runde Wange seiner Frau streichelte.

»Sehr gut«, sagte Alice, »aber ich muss heute Nachmittag noch mal hin. Es geht um die molare Masse von Kohlenstoff.«

»Sie quälen dich«, sagte Jean-Baptiste.

Dieser neuerliche Abschied ärgerte ihn. Er hätte seine Frau gut brauchen können, um über die unerklärliche Abwesenheit seiner Geliebten hinwegzukommen. Sie aber schwang ihre kurvigen Hüften aus der Tür hinaus.

Rasch ergriff Jean-Baptiste den Hörer und wählte Célias Nummer. Es war immer noch niemand da.

»Sie ist übers Wochenende verreist«, sagte er zu dem fülligen Kissen.

Hätte sie ihm nur eine Handynummer gegeben! Aber Célia war keine gewöhnliche junge Frau. Er wusste nicht einmal, ob sie überhaupt ein Handy besaß. Ihr schlanker Körper schien zuweilen ein Meer an vorsintflutlicher Weisheit zu bergen. Ihre Augen wirkten trotz ihres jungen Alters wie ein Spiegel realer Erfahrungen.

Jean-Baptiste bereitete seinen Kindern etwas zu essen zu, schickte sie dann mit Freunden zu verschiedenen Aktivitäten los und rief, wenig überzeugt, wieder bei Célia an. Sie war immer noch nicht zu Hause.

Alice kam am nächsten Morgen zurück. Jean-Baptiste vergrub sein Gesicht in ihrem ausladenden Dekolleté.

»Du hast mir gefehlt«, stöhnte er.

Sie legte besänftigend die Hand auf seinen Kopf.

»Vor nächstem Donnerstag muss ich nicht mehr fort.«

Die nächste Woche brachte dem bejahrten Paar überschwängliche Zärtlichkeiten; ausgehend von Jean-Baptiste, der sich in den vergangenen Tagen recht einsam gefühlt hatte. Am nächsten Donnerstag um vier Uhr, als seine Frau sich aus seiner Umarmung gelöst hatte und aus der Tür getreten war, schien ihm die Trennung auf einmal viel schwerer zu fallen als die vorigen Male.

Jean-Baptiste hielt sein Ritual in Ehren. Eine halbe Stunde nach dem Aufbruch seiner Frau rief er Célia an. Zu seiner großen Erleichterung war sie zu Hause.

»Wo warst du dieses Wochenende?«, empörte er sich.

»Bei einer Freundin«, antwortete sie ausweichend. »Na und? Kann ich nicht machen, was ich will?«

»Hast du heute Abend Zeit?«

Célia zögerte.

»Um neun?«

»Um neun!«

Jean-Baptiste drückte sich einige Stunden herum, nahm dann seinen Mantel und stieg in die Metro. Fügsam erwartete Célia ihn mit ihrer feurigen Haarpracht.

»Ich bin froh, dich zu sehen. Ich habe mich so verlassen gefühlt dieses Wochenende«, scherzte er und zwirbelte eine ihrer Haarsträhnen.

Célia löste sich von ihm. Jean-Baptiste sah bestürzt, dass ihre Augen sich hinter den langen Wimpern mit Tränen füllten.

»Ich kann dich nicht mehr treffen.«

Wie versteinert zog Jean-Baptiste seine Hand zurück.

»Was?«

»Es geht nicht mehr. Wir können uns nicht mehr treffen.«

»Hast du … Hast du einen anderen?«, stammelte er.

»Bitte stell mir keine Fragen.«

»Nein, also warte mal, das geht jetzt ein bisschen schnell, das ist ein bisschen hart, was redest du da?«

»Ich habe dem nichts mehr hinzuzufügen. Ich habe es mir lange überlegt.«

Jean-Baptiste konnte es nicht fassen. Seit wann verschwanden seine Kirschen zwei Mal pro Woche, und seit wann hatten seine Passionsblumen entschieden, wieder unabhängig zu werden? Er merkte nicht einmal, wie er flehte, feilschte, drohte und heulte. Er stieß die Tür wieder auf, die Célia hinter ihm schließen wollte, läutete wieder und wieder, versperrte den Türrahmen mit seinem Fuß. Eher noch als wirklich traurig war er wütend. Sein Unverständnis und seine Verwirrung machten ihn aggressiv.

Schlussendlich aber beruhigte er sich, ging entschlossenen Schrittes nach Hause, wo immer noch Alice, die Liebe seines Lebens, war, die ihn niemals hintergangen hatte. Alice, kugelrund und aus allen Nähten platzend, die ihn trösten und küssen würde, und selbst wenn ihr Ehebett seit Langem eher ein Ort freundschaftlicher als erotischer Liebesbeweise war, brauchte er sie bei genauerem Nachdenken doch viel dringender als diese aufreizende, verräterische Célia.

Es war halb elf Uhr abends. Alice war noch bei ihrer Konferenz und würde erst am nächsten Morgen wiederkommen. Jean-Baptiste fiel in einen verdrossenen, nervösen, ungeduldigen Schlaf.

Morgens aber weckte ihn das Läuten des Weckers. Keine Spur von Alice, einem Croissant oder heißer Schokolade. Jean-Baptiste sprang aus dem Bett, verließ das Schlafzimmer, stolperte im Flur über Noé, der in Tränen ausbrach; sein Vater nahm davon aber keine Notiz und stürzte in die Küche, wo Léa und Théo gerade frühstückten.

»Wo ist eure Mutter?«

»Weiß nicht.«

»Ist sie heute Morgen nicht nach Hause gekommen?«

»Hab sie nicht gesehen.«

Da ging die Haustür auf, und Alice kam herein, rosa wie ein Bonbon und so rund und blond, wie er sie mit siebenundzwanzig Jahren kennengelernt hatte. Jean-Baptistes Stimmungslage war ebenso erleichtert wie gereizt.

»Wo warst du?«

»Ich bin nur zwei Stunden später als sonst, Schatz. Ich konnte nicht die erste Metro nehmen.«

Jean-Baptiste umarmte sie in fieberhafter Aufregung.

»Ist dir nicht gut?«, fragte sie unbekümmert.

»Ach«, stöhnte er.

»Was ist los?«

»Ich möchte, dass du öfter da bist …«

»Oh, Jean-Baptiste, es tut mir leid. Ich weiß, dass dieses Projekt mich sehr in Anspruch nimmt. Aber es ist bald vorbei, bald geschafft.«

»Die Ergebnisse sind also zufriedenstellend?«

»Sehr.«

Sie stellte eine Schachtel auf den Küchentisch, die leise klirrte, als sei sie mit Glasfläschchen gefüllt.

»Meine kleine Chemikerin!«, murmelte Jean-Baptiste gerührt.

Sein Leben hatte sich schlagartig verändert, und es fiel ihm schwer, sich damit abzufinden. Mindestens viermal rief er Célia noch an, aber sie nahm nicht ab und sie schien ihre Wohnung nicht verkauft zu haben, denn es ging auch niemand anderes dran. Alice hatte nach wie vor eine Konferenz pro Woche und zeigte sich ansonsten so zärtlich und liebevoll wie immer. Ohne ernsthafte Anstrengung suchte Jean-Baptiste unter seinen Studentinnen nach neuen Eroberungen, aber die Einzige, die er auf einen Kaffee einladen wollte, eine kleine Braunhaarige mit einem aufregenden Lächeln, sah ihn nur mitleidig an und antwortete, sie habe eine Verabredung mit ihrem Freund. Ein erneuter Blick in den Spiegel erschreckte Jean-Baptiste, seine Augenringe, das zunehmend lichter werdende Haar, die dicklichen Schultern. Vier Jahre lang hatte er die Anziehungskraft, die er auf Célia ausübte, nicht infrage gestellt, und mit einem Mal kam er sich verletzlich, alt und nutzlos vor.

War es möglich, und bei diesem Gedanken überlief es ihn kalt, dass Célia ihn verlassen hatte, weil er sie nicht mehr befriedigen konnte oder weil er alt geworden war oder sie ihn nicht mehr interessant fand? Diese Gedanken bedrückten ihn den ganzen Tag.

»Alice«, flüsterte er im Dunkeln, »liebst du mich?«

»Natürlich.«

»Warum läuft dann nichts mehr zwischen uns?«

»Das merkst du erst jetzt?«

Ein erstaunlich harter Klang schwang in ihrer Frage mit, und zum ersten Mal seit vier Jahren wurde Jean-Baptiste bewusst, dass er durch die Erfüllung, die er mit Célia erlebte, Alice völlig vernachlässigt hatte. Die ganze Zeit über hatte sie ihn ohne Unterlass geliebt und mit Zärtlichkeiten überschüttet, während er ihr diesen Teil ihres Ehelebens vorenthalten hatte. Unbeholfen umarmte er Alice, küsste sie in den Nacken, streichelte ihren Bauch, aber sie murmelte sanft, sie wolle schlafen, und drehte sich von ihm weg.

Jean-Baptiste kam nicht darüber hinweg. Er brauchte eine Erklärung für Célias Entschluss. Er würde zu ihr gehen, ihre Tür eintreten und sie zwingen, in der richtigen Reihenfolge und ohne Angst, ihn zu kränken, ihm alle Gründe aufzuzählen, die ihrer Entscheidung Vorschub geleistet hatten.

Es brodelte die ganze Woche in ihm, und beinahe ungeduldig erwartete er Alices Aufbruch zu ihrer wöchentlichen Konferenz. Er wartete die üblichen dreißig Minuten ab, nahm seinen Schlüssel und eilte hinaus. Noch nie war ihm die Fahrt mit der Metro so langsam, die Distanz so lang, der Aufzug so gemächlich vorgekommen.

»Wer ist da?«, fragte Célia hinter der Tür.

»Ich bin's, Jean-Baptiste.«

Es folgte eine lange Pause.

»Ich will dich nicht sehen. Das habe ich dir schon gesagt.«

»Ich will eine Erklärung. Ich muss wissen, warum du so entschieden hast. Erklär's mir, verdammt noch mal! Man macht nicht einfach so mit jemandem Schluss!«

»Hör zu, ich bin nicht allein.«

Natürlich. Die Erklärung war ganz einfach. Diese Komödie begann Jean-Baptiste aufzuregen.

»Wer ist es?«

»Du kennst ihn nicht. Lass mich in Ruhe.«

»Ist er jung?«

»Ja.«

»Wie alt?«

»Achtundzwanzig.«

»Verstehe. Tut mir leid. Ich gehe. Leb wohl.«

Das war nur gerecht, dachte er, während er auf den Aufzug wartete. So eine Schönheit musste zwangsläufig die Leidenschaft anderer Männer, jüngerer Männer, wecken, und nun wurde auch Jean-Baptiste klar, wie lächerlich seine Versessenheit war. Nun aber quälte ihn die Neugierde: Wie sah er aus, dieser Fatzke, in den sich seine sogenannte Geliebte verknallt hatte? Statt in den Aufzug zu steigen, setzte er sich auf die Treppe und wartete im Dunkeln.

Er wartete eine Stunde. Die schwere blaue Tür blieb verschlossen. Die Ungeduld nagte an Jean-Baptiste.

Endlich öffnete sich die Tür und gab den Blick auf Célias vollendete Silhouette frei, die so schön und kantig war wie immer, ihr breites, verschmitztes Lächeln gab den Blick auf ihre messerscharfen, großen Zähne frei. Sie begleitete ihren neuen Apollo, dessen Schönheit nicht einmal Jean-Baptiste leugnen konnte und der über alle Vorzüge eines jugendlichen Liebhabers verfügte: ein kantiges Kinn, breite Schultern, die Lässigkeit eines Hollywoodschauspielers. Das Paar blieb ein oder zwei Minuten eng umschlungen auf der Türschwelle stehen, dann sprang der Spund in zwei Sätzen in den Aufzug und verschwand nach unten, während Célia wieder von der Wohnung verschluckt wurde.

Jean-Baptiste vergrub das Gesicht in seinen Händen, befühlte sein zurückweichendes Haar und vergoss sogar eine Träne. Schließlich beschloss er aufzustehen, nicht locker zu lassen, sich noch weiter vor Célia zu demütigen, und ging einige Schritte auf ihre Tür zu.

Gerade als er läuten wollte, hörte er die junge Frau drinnen einen erstickten Schrei ausstoßen. Er hielt den Atem an.

Der tiefe und kehlige Schrei verebbte und erstarb langsam. Panisch überlegte er, ob er die Feuerwehr rufen sollte. Kein Ton war mehr aus der Wohnung zu vernehmen. Kurz danach aber hörte er das Klimpern von Schlüsseln, mehrere Schritte, wie ein Mantel vom Haken genommen und mit einem streifenden Geräusch angezogen wurde. Schließlich wurde die Türklinke hinuntergedrückt; Célia würde herauskommen. Erschrocken floh Jean-Baptiste die Treppe hinauf.

Das Gesicht zwischen die Stangen des Eisengeländers gepresst, starrte er die Frau an, die aus der Wohnung trat und die Tür abschloss.

Eine Frau, deren gleichsam vertraute und unbekannte Erscheinung Jean-Baptiste einen Schauer über den Rücken jagte – eine Frau, deren Körper von seismischen Wellen geschüttelt sich stoßweise verwandelte, eine Frau, die Célias Magerkeit unter ihren weichen Fettschichten begrub, deren krauses Haar sich in einen Kurzhaarschnitt glättete und deren spitze Fingernägel sich in dicke, mütterliche, kleine Finger verwandelten.

Alice, rund wie ein Apfel, goldblond wie eine Aprikose, mit ihrem Chemiebeutel, der freundlich klappernd gegen ihre Hüften schlug, hielt eine fast leere Phiole an ihren Mund, trank mit einem leichten Frösteln die letzten Tropfen, warf das Glasfläschchen in den Mülleimer und rief mit einem triumphierenden Lächeln auf den Lippen den Aufzug.

übersetzt von Julia Charlotte Kersting

Aqiil Gopee
WOLF UND ROT

\\\\\

Du hast das Gefühl, Wolf schon dein ganzes Leben lang zu
kennen. Du sagst dir, dass er seit jeher da war, eng an deinen
Leib geschmiegt, mit gefletschten Zähnen die Gelegenheit
abwartend, bei der er sich auf dich stürzen wird. Vielleicht
ist er mit dir zusammen geboren, hat dein Fleisch in dem
Moment ganz in sich aufgenommen, als du auf die Welt und
somit das erste Mal mit der grausamen Umgebung in Berührung gekommen bist, in der du von deinem zwölften Jahr an
leben wirst. Von den ersten Flecken an.

Als du den Fluss gespürt hast, der aus deiner Seele quoll,
dachtest du, sterben zu müssen. Erschrocken bist du zu deiner
Großmutter gelaufen. Ein wilder, tückischer Schimmer ließ
ihre stählernen Augen aufblitzen. Sie sagte nichts, gab keine
Erklärungen. Sie ließ das Badewasser ein. Es färbte sich rot.

Sie hat dich mit einer Zärtlichkeit darin gewaschen, die dir
bis dahin unbekannt war. Danach trocknete sie dich ab, betrachtete deine Nacktheit. Sie strich mit ihren faltigen Fingern
über deine Milchhaut. Das Gelb ihrer Fingernägel durch-
drang deinen Körper, ihre alten Lippen legten sich auf deine.
Sie war hingerissen von deiner Schönheit, zählte schon das
Geld, das sie verdienen würde, wenn sie dein rosiges Fleisch
bei Anbruch der Nacht in den Alleen des Parks spazieren
führen würde.

Sie hat dich gepudert, gekämmt, geschminkt, dir die Nägel gefeilt, woraufhin sie ein rotes Cape holen ging, rot wie

Blut, rot wie dein Name. Sie streifte es über deinen nackten Leib. Die Berührung des Stoffes auf deinem Fleisch ließ dich erschauern.

Sie hat dich noch am selben Abend in den Park mitgenommen. Dein erster Abend. Dein erster Riss. Sie zog dich am Arm, wie man einen Hund an der Leine zieht, und du hast dich von dieser Großmutter führen lassen, die dich seit deiner Geburt in Obhut genommen hatte. Im Park wimmelte es von Blicken. Er schien menschenleer, aber du hast die Last der Wesen auf dir gespürt, die dich im Schatten verborgen belauerten.

Mit zaghafter Stimme hast du gefragt: »Großmutter, Großmutter, wohin führst du mich? Warum ist es so finster? Großmutter, Großmutter, warum das ganze Blut? Warum?«

»Du wirst es bald erfahren«, hat sie geantwortet.

Ich habe es nie wirklich erfahren.

Das erste Monster, dem ihr begegnet seid, war alt. Die Falten seines Gesichts zeichneten die Furchen des Vollmonds nach. Seine Augen besaßen den gleichen stählernen Glanz wie die deiner Großmutter. Letztere unterhielt sich mit ihm. Nach längerem Feilschen streckte er ihr schließlich einen schweren Beutel voller Münzen hin. Danach hat er sich dir zugewandt, während er die silberne Krawatte um seinen Hals ablegte.

Er stürzte sich auf dich, zog dir das Cape mit einem Ruck aus. Eine Blume mit ausgerissenen Blütenblättern. Du warst starr vor Schreck. Deine Großmutter hat sich ein Stück weiter auf eine Bank gesetzt und begnügte sich mit einem Lächeln als Antwort auf deinen flehenden Blick.

Ich war entsetzt.

Meine Großmutter hat mich weggeworfen. Sie hat mich nicht einmal angesehen. Sie hat das Monster nicht daran gehindert, mich mit Haut und Haar zu verschlingen.

Das Monster leckte mit seiner rauen Zunge über die Spitzen deiner unfertigen Brüste. Sein Bart stach dir in die Haut. Bestürzt bist du zu Boden gesunken, wo dein Cape lag. Er zog Mantel und Hemd aus, und sein schmaler, faltiger, grau behaarter Oberkörper kam zum Vorschein. Er drang mit der Fingerspitze in dich ein, dann durchstieß er dich mit seinem Schwert.

Tränen quollen hervor. Durchsichtig auf deinen Wangen, andernorts rot.

Nie hatte ich so gelitten. Es war die Hölle.

Du hast deinen Schmerz in die Grabesstille der Nacht hinausgeschrien. Der Mond hat dir geantwortet und seinen Alabastersamen in die Tiefen deines Bauchs gespritzt.

Es fing an zu regnen. Meine Großmutter ergötzte sich an meiner Schmach, an meinem von dem Monster bezwungenen Körper.

Dein wässriges Blut auf dem Steinpflaster im Park. Deine Großmutter sagte sich, du habest dein Schicksal verdient, schließlich müsse man leiden, um zu Geld zu kommen, sie habe genug für dich gelitten. Nun sei es an dir, sie zu ernähren.

Nachdem er zum Ende gekommen war, zog der Mann sich wieder an, nickte deiner Großmutter zu und verschwand. Du warst bewusstlos. Auf deinen entblößten Leib peitschte der Regen. Dein Cape schien eine Lache im Blut zu bilden.

Deine Großmutter hat sich neben dich auf den Boden gekniet. Du brachtest ihr ihre Tochter, deine Mutter, in Erinnerung, die am ersten Abend auch in Ohnmacht gefallen war. Und als sie bei der Geburt starb, hat deine Großmutter dich wie ihre eigene Tochter großgezogen.

Was für ein Scheusal sie ist. Wie konnte sie mir so etwas antun?
Mir, ihrem eigenen Blut.
  Sie verdient den Tod.

Du hast drei Tage lang keinen Bissen heruntergebracht. Du konntest nicht verstehen, was dir geschehen war. Was das Monster mit deinem Körper gemacht hatte. Warum das Blut? Warum so viel Blut? Du hast nichts zu deiner Großmutter gesagt. Du wusstest nicht, ob sie dafür verantwortlich war oder das Monster. Es sei denn, du wärst es selbst, du hättest dich als unrein und blutend entpuppt. In dem Fall könntest du die dir auferlegte Strafe verstehen.

Aber ist es so schlimm zu bluten?

Beim zweiten Mal, eine Woche darauf, hast du dich nicht gewehrt, als deine Großmutter dich in den Park mitgenommen hat. Ihr musstet nicht weit gehen. Ein neues Monster tauchte auf, jünger. Rothaarig und übersät von Sommersprossen. Dann ein weiteres, schwarz wie die Nacht. Danach hast du aufgehört zu zählen.

Es waren viele, manche bleich wie Gespenster, andere rot wie Ziegelsteine von Häusern. Manche fett wie Schweine, andere zerbrechlich wie Wattestäbchen. Es gab junge, gewaltig wie Seestürme, und andere, die so alt waren, dass sie nicht vor dem Anbruch der Morgenröte zum Höhepunkt kamen.

Bei jeder Penetration hattest du Schmerzen, bei jeder männlichen Invasion in dich. Manchmal hast du geheult, geheult wie ein Wolf im Bann des gerundeten Vollmonds, und manchmal hast du dich müde und resigniert beackern lassen, ohne etwas zu sagen. Nach einer Weile hat dich deine Großmutter gebeten, alleine hinzugehen. Du seist inzwischen groß. Und du bist hingegangen.

Ich habe es aus Liebe getan.

Trotzdem führte dich ihr Geist die dunklen Alleen im Park entlang, ihre körperlose Stimme flüsterte den Monstern – nein, den Männern – Worte zu, und du machtest gehorsam die Beine breit, ohne zu schreien, obwohl das Blut noch immer floss.

Dann, eines Tages, bist du ihm begegnet.

Es war nach einem besonders brutalen Freier. Du lagst ausgestreckt auf dem Pflaster, vor Schmerzen unfähig, dich zu bewegen. Er kam und streckte dir die Hand hin. Eine behaarte Hand, voller Zärtlichkeit, schwarz vor dem Schwarz des Himmels. Er hat dir geholfen, aufzustehen und dich wieder anzuziehen. Seine Augen rund wie Murmeln fixierten dich wortlos.

– Ich bin Wolf, sagte er, bevor er im Farn verschwand.

– Ich heiße Rot, habe ich viel später geantwortet, aber du warst schon zu weit weg, um mich hören zu können.

Diese Hand auf deiner, ihre Schwärze auf deiner Haut. Du hast gespürt, wie du damit verschmilzt.

Du warst nicht kalt wie die anderen. Dein Blut war warm.

Und deine Stimme, deine Stimme wie ein Felsen.

Von dieser Nacht an blieb Wolf im Schatten und beobachtete dich unaufhörlich, während du gestöhnt, gefleht oder geschwiegen hast. Er nahm deinen Geruch auf, folgte dir gelegentlich bis nach Hause, um dein Leben besser kennenzulernen. Etwas an dir ließ ihn nicht los. Er kannte solche wie dich. Größere, schlankere Frauen, mit silikonmodellierten Brüsten. Frauen, die es aus Lust taten. Aber du warst anders. Jünger, sanfter, unschuldiger. Reiner.

Ich fühlte deinen Blick auf mir. Aber ich hatte keine Angst, weil ich wusste, dass du es warst.

– Warum machst du das? hat er dich eines Tages gefragt.

Die Stimme kam aus dem Gebüsch, aber sie umarmte dich mit der gleichen Kraft wie seine Hand, als er dir aufgeholfen hatte.

– Für meine Großmutter, hast du geantwortet.

Er zeigte sich öfter. Er wartete auf dich, beobachtete aus einem stillen Versteck die ganze Serie deiner Vergewaltigungen und kam dir dann zu Hilfe. Er schien gefesselt von dir, von deiner Geschichte, von deinen Gefühlen. Er gab zu, dass er dir schon seit Langem zugesehen habe. Er sagte, dass er viele Dinge durchschaue. Dass er im Park lebe, noch die kleinsten Winkel kenne und wisse, was sich dort abspiele. Er sagte dir weiter, er wolle, dass du damit aufhörst, dich anderen hinzugeben, dass dein Körper dir, und nur dir allein, gehöre. Dass kleine Mädchen, egal ob sie bluten oder nicht, im Milieu des Parks nichts verloren hätten. Dass du in der Schule sein, etwas lernen und in die Welt hinausgehen müsstest. Dass du etwas Besseres verdient hättest. Dass du leben sollst.

Du hast mir die Augen geöffnet, Wolf.

Als du nach Hause kamst, hast du deiner Großmutter mitgeteilt, dass du aufhören wollest. Dass dein Platz nicht im Park, sondern in der Schule sei. Dass du es verdient hättest zu leben. In die Welt hinauszugehen.

An jenem Abend schlug sie dich. Mit voller Wucht. Sie hat dich gestoßen, verhauen und verprügelt, mit der ganzen Kraft, die in ihren alten Knochen steckte. Sie sagte, dass du nie wieder davon anfangen sollst. Sie sei deine Großmutter und wüsste, was gut für dich sei. Du seist ein dreckiges Luder. Undankbar und unverschämt.

An dem Punkt fingst du an, dich von ihr zu lösen.

Sie war noch brutaler als die Monster, die mich missbrauchten.

Du hast Wolf alles erzählt. Er war wütend. Seine Stimme veränderte sich, seine Augen leuchteten rot. Er schwor, dass er es ihr heimzahlen werde.

Und das hast du getan, mein Lieber.

Er klopfte an die Tür, eines Nachts, bevor du hinausgegangen bist. Deine Großmutter öffnete ihm. Er warf sie zu Boden. Sie schrie. Du auch.

Ich war schockiert, das ist alles. Ich hatte dich noch nie so wild gesehen.

Deine Großmutter flehte dich an. »Rot! Rot! Hilf mir! Er tötet mich! Rot!«

Sie war das Monster. Sie hatte das größte Maul.

Du hast nicht eingegriffen, um ihr zu helfen. Du warst entsetzt, aber sie bekam nur, was sie verdient hatte. Du wusstest, dass das, was hier geschah, gut für dich war.

Du hast sie zerfetzt. Der Boden blutete von ihren Eingeweiden.

Darauf wandte er sich zu dir um. Mit seinen rot beschmierten Zähnen lächelte er dich an. Er hat dich umarmt. Dann hat er dich geküsst.

Zum ersten Mal in deinem Leben der köstliche Geschmack einer Zunge in der Wölbung deiner Mundhöhle.

übersetzt von Birgit Leib

François-Henri Désérable
SIE ERRÖTETE

Lange Zeit war ich in ein Mädchen verliebt, das meinen besten Freund lieber mochte. Sie heißt Justine und stammt in direkter Linie von Philippe-François-Nazaire Fabre ab, besser bekannt als Fabre d'Églantine; diesem heutzutage längst vergessenen Dichter verdanken wir einen Hit, den im 19. Jahrhundert ganz Europa trällerte – »Il pleut, il pleut bergère« –, sowie die Monatsnamen des Revolutionskalenders.

Oft besuchte ich Justine in der Rue Mozart in Paris, in der stillen Hoffnung, sie zu verführen. Vergebens: Ich liebte sie, sie liebte mich, allerdings liebten wir uns nie zur selben Zeit. Niemals war unsere Liebe, die auf den Bänken der Rechtsfakultät begann, synallagmatisch. Tja, immerhin hat diese ungestillte Leidenschaft dazu geführt, dass ich von einer anderen, überwältigenden und zwangsläufig tragischen, erfuhr; der eines Mannes für eine Frau während der Revolution. Er hieß Adam Lux, sie Charlotte Corday. Letztere kam mir vage bekannt vor (sie hatte einen Kerl in einer Badewanne ermordet, die ich mal im Musée Grévin gesehen habe), aber von ihm hatte ich noch nie gehört. Und eines Nachmittags, zwischen zwei gescheiterten Kussversuchen bei Justine, erfuhr ich, wer er war.

Jacques Fabre d'Églantine, Justines Vater, sammelte alles, was auch nur im Entferntesten mit seinem ruhmreichen Ahnen zu tun haben könnte. Teil dieser wertvollen Sammlung war auch ein siebzehnseitiger, mit der Zeit vergilbter Brief.

Siebzehn Seiten, die dem revolutionären Dichter – keiner weiß wie – in die Hände gefallen und dann mit dem Nachlass beim Vater meiner Freundin gelandet waren. Siebzehn Seiten, fein säuberlich auf Deutsch verfasst von Adam Lux, dem Sondergesandten aus Mainz, der sich in Charlotte Corday verliebte, als er sie auf dem Karren zum Schafott erblickte. Siebzehn zutiefst erschütternde Seiten, datiert auf den 4. November 1793, den Tag, an dem Lux selbst unter der Klinge des »Volksbeils« starb.

Dieser Brief, das Testament eines Mannes, der für eine Frau sterben will, die er einzig während der Strecke zwischen dem Justizpalast und der Place de la Révolution gesehen hat, ist bislang nie ins Französische übersetzt worden. Ich habe nichts weggelassen und nichts hinzugefügt. Die Deutschsprachigen können die Originalversion im Musée des Lettres et Manuscrits auf dem Boulevard Saint-Germain in Paris nachlesen. Sie befindet sich dort neben der »Ansprache an die Franzosen« … von Charlotte Corday.

Am 21. Oktober 1792 zogen die Männer des Generals Custine triumphal in Mainz ein.

Die rheinische Stadt, in der dreihundert Jahre zuvor Gutenberg das Licht der Welt erblickt hatte, brannte für die Werte der Revolution: Unter dem Jubel der Massen wurde die Armee empfangen, Bischöfe, Aristokraten und ihre Bediensteten verließen die Stadt, auf dem Marktplatz wurde ein Freiheitsbaum gepflanzt, die Mainzer Republik wurde ausgerufen und eine dreiköpfige Delegation nach Paris entsandt, um dem Nationalkonvent das Dekret der Einigung mit Frankreich zu überbringen.

So kam es, dass ich mich einige Monate später in Begleitung von Forster und Potocki im Hôtel des Patriotes hollandais in der Rue des Moulins einfand.

Allerdings prädestinierte mich nichts für eine Karriere in der Politik. Meine Eltern hätten sich gewünscht, dass ich mich der Medizin widme, jedoch schreckte mich die Anatomie ab. Ich begeisterte mich für Philosophie, las die bedeutendsten Autoren, verfasste eine Doktorarbeit über den Enthusiasmus und arbeitete als Privatlehrer im Hause eines reichen Kaufmanns aus Mainz, dessen Schwägerin ich bald heiratete. Aus dieser Verbindung gingen drei Töchter hervor, und den Prinzipien aus *Candide* und *Émile* folgend, zog ich mich mit ihnen auf einen kleinen Bauernhof in Kostheim zurück, um mit meinen Büchern und meinem Pflug zu leben, meinen Garten zu bestellen, meinen Boden zu pflügen – um wie ein Bauer zu arbeiten und wie ein Philosoph zu denken. Meine Kindheit war trübselig gewesen, sie hatte mir außerhalb des Latein- und Französischstudiums nichts zu bieten gehabt, und es schien, als solle mein Erwachsenenleben ebenso friedlich und gleichförmig verlaufen. Der Strom der Zeit, so dachte ich, würde mich von der Wiege ins Grab tragen. Doch das Schicksal wollte es anders: Am 14. Juli 1789 verlor die Bastille ihre Zacken und den Kopf ihres Kommandanten. An jenem Tag, im Alter von dreiundzwanzig Jahren, hatte mein Leben endlich begonnen.

Ich glaubte, mit der Revolution würden sich die von Jean-Jacques Rousseau gepredigten Werte verwirklichen. Die Tyrannen würden unterliegen, die Völker sich befreien und die Stunde der Menschlichkeit endlich schlagen. Angetrieben von meiner inbrünstigen Liebe zur Republik, gründete ich gemeinsam mit einigen Männern den *Club der Freunde der Freiheit und der Gleichheit* und kandidierte für die Delegation, die die gute Neuigkeit nach Paris bringen sollte.

Am 30. März 1793 standen wir vor dem Nationalkonvent, wo Forster das Dekret las, in dem Mainz sich Frankreich anschloss; am nächsten Tag schwor ich den Jakobinern, als Republikaner zu leben oder zu sterben; am übernächsten Tag erfuhr ich, dass Mainz von den österreich-preußischen Truppen eingekesselt war. Wir hatten nur zwei oder drei Wochen bleiben wollen, nun war uns jegliche Rückkehr verwehrt. Und wir hatten nichts: einen Frack, einige Hemden und ein Tagegeld von achtzehn Pfund, ausgezahlt in abgewerteten Assignaten. Diese mageren Almosen reichten für das Nötigste. Wir waren nicht zu beklagen; andere verhungerten auf der Straße.

Bei den Jakobinern verpasste ich keine Sitzung. Die Ernüchterung kam schnell: Sie verleumdeten die ehrlichen Leute, um sie zu verjagen und ihnen jeglichen Einfluss zu rauben, das war ihre einzige Waffe. Im Nationalkonvent war es fast noch schlimmer: Statt des Freiheitspalastes, den ich mir vorgestellt hatte, war es ein Ort der Unstimmigkeit und der Spaltung. Nur wenige Männer, hauptsächlich Girondisten, waren in meinen Augen achtenswert. Mit ihnen verband mich die inbrünstige und selbstlose Liebe zur Republik. Bald schon wurden sie verbannt, einige inhaftiert, andere flüchteten, und mich überkam der Ekel. Gekleidet wie ein Landwirt, mit einer blau-weiß-roten Kokarde am Hut, streifte ich allein durch den Bois de Boulogne, um zu lesen und nachzudenken. Auf einem dieser Spaziergänge, an einem Sommernachmittag, traf ich die Entscheidung, mir an der Schranke zum Nationalkonvent eine Kugel in den Kopf zu jagen. Dieses Sühneopfer, dachte ich, würde den brudermörderischen Kämpfen ein Ende setzen. Ich unterrichtete die Bürger Pétion und Guadet über mein Vorhaben. Sie redeten es mir aus:

– Das wird für Aufregung sorgen. Man wird schöne Reden schwingen, man wird für dich beten, und dann wird man deinen Leichnam fortbringen, ihn begraben und dich vergessen.

Sie hatten recht: lieber direkt mit dem Volk sprechen statt mit seinen Vertretern. Ich verfasste eine *Stellungnahme*, in der ich an die aufrichtigen Männer appellierte, Frankreich von jenen zu befreien, die die Prinzipien der Revolution missachteten, und teilte sie am Morgen des 13. Juli auf der Straße aus. Auch wenn mir diese Schrift einige Scherereien einbringen mochte, so war ich doch überzeugt, dass sie viel Aufsehen erregen würde; ich hatte unrecht. Am Abend war nur ein Name in aller Munde: Marat. Ein junges Mädchen hatte ihn in seiner Badewanne erstochen. Sie hieß Charlotte Corday.

Ich missbillige den Mord an Marat. Übrigens verachte ich jeglichen Mord zutiefst, und wenn der Mörder ein Engel wäre und der Ermordete ein blutrünstiges Monster. Marat war ein abscheulicher Mann, aber er war ein Volksvertreter und verdiente in dieser Hinsicht besondere Achtung. Und außerdem ist der Mord die Hydra der Fabel: Ein rollender Kopf sorgt für drei weitere.

Die Fakten sind einfach: Ein feinsinniges Mädchen denkt, es müsse sich für das bedrohte Vaterland opfern, indem es einem Mann, den sie für die Quelle aller Volksübel hält, das Leben nimmt. Sie verlässt ihr friedliches Zuhause, vertraut sich niemandem an, macht sich auf die lange Reise von Caen nach Paris und begibt sich zu Marats Haus, wo sie mit sicherer Hand ihr Werk vollbringt.

Ich habe dem Prozess nicht beigewohnt. Ich hätte Charlotte gerne gesehen, aber der Saal war jedes Mal dermaßen überfüllt, dass ich einfach nicht hineinkam. Ich wollte diese Frau sehen, die Fabre d'Églantine als »ein Mannweib, eher fleischig als frisch, reizlos, schmuddelig, wie fast alle Philosophen und weiblichen Schöngeister« beschrieben hatte. Ich traute diesem flüchtig skizzierten Bild des mittelmäßigen Dichters nicht. Ich hatte recht: Charlotte war überwältigend.

Zum ersten Mal erblickte ich sie am Ausgang des Justizpalastes. Als der Karren das Tor der Cour du Mai passierte, wurde der Himmel über Paris grau, als würde sich Gottes Miene verfinstern. Eine Sintflut barst; mitten am Tag war Nacht. Im Himmel weinten die Engel; aufrecht, die Hände hinter dem Rücken und an das Seitengitter gelehnt, empfing

Charlotte jeden Tropfen mit einem Lächeln, das sie die gesamte Fahrt über bewahren würde.

Ich eilte dem Karren voraus, um mich an verschiedenen Orten zu postieren und sie besser sehen zu können. Und wenn sie auf meiner Höhe war, begann ich erneut, rempelte einige an und drängte andere beiseite, egal, wie ich beschimpft wurde. Charlotte schien niemanden zu beachten. Sie schaute die Leute in den Fenstern an. Vielleicht sah sie in einem davon Danton, Robespierre und Desmoulins, ohne sie zu erkennen. Ich allerdings sah, wie sie den Trauermarsch beobachteten. Der Unbestechliche wirkte aufgeregt, er sprach ohne Unterlass, nahm seine Brille ab, setzte sie wieder auf, gebärdete sich nervös. Die beiden anderen, völlig gebannt, hörten ihm gar nicht zu.

Der Karren war seit einer Stunde unterwegs, als Charlottes Blick den meinen zum ersten und letzten Mal kreuzte. Ihre Mandelaugen, die bald nichts als den Schimmer der Finsternis erblicken würden, ließen mich erstarren. Sie musterte mich lange, womöglich zehn Sekunden, während die wütenden Massen mit ihren schweißgebadeten Gesichtern, zerzausten Haaren und halb zerrissenen Hemden sie unaufhörlich beschimpften. Sie, ganz ruhig, bewahrte inmitten dieses barbarischen Gebrülls eine unbeirrte Sanftmut, mit ihrem so sanften, so durchdringenden Blick, mit lebendig blitzenden Funken in ihren schönen Augen, aus denen eine ebenso zarte wie furchtlose Seele sprach, diesen Augen, die selbst Steine hätten zu Tränen rühren können.

Indes fiel der Regen immer weiter auf ihre rote Bluse, die nun an ihrer Haut klebte und ihre Formen zum Vorschein brachte, ihre anmutigen Kurven und ihre festen Brüste im Heben und Senken der Atmung erahnen ließ. Mit ungerührtem Gesicht, den Mund in einem halben Lächeln erstarrt, den klaren und stolzen Blick in die Wolken gerichtet, hinterfragte Charlotte die Unendlichkeit. Und es war, als sähe sie noch in den wildesten, dunkelsten Schatten das ewige Licht schimmern.

Das Unwetter dauerte nicht lange. Es schien vor ihr zu weichen. Jeder Schritt der Pferde brachte sie dem Tod näher, doch sie blieb vollkommen ruhig, als hätte diese Reise kein anderes Ziel als den Besuch einer alten Freundin. Doch das war bloßer Schein; unter der Bluse hoben sich ihre Brüste in immer schnellerem Rhythmus: Je näher wir kamen, desto schneller ging ihr Atem. Als der Karren die Place de la Révolution erreichte, war die Sonne wieder da. Am Fuße des Schafotts stieg Charlotte aus – ruhig, furchtlos, stolzen Hauptes, gelassenen Blickes. Als der Henker ihr das Kopftuch wegriss, schämte sie sich. Sie schritt dem Tod aus eigenen Stücken entgegen. Ein himmlischer Vollstrecker versiegelte mir das Herz: Von jenem Moment an wusste ich, dass niemand auf Erden dort jemals wieder Zutritt erhalten würde.

Danach irrte ich ein oder zwei Stunden durch die Straßen von Paris und betrachtete voller Verbitterung die neue Trinität, die in den Marmor der Gebäude gemeißelt war: Freiheit, Gleichheit, Brüderlichkeit. Noch vor einigen Monaten war ich beim Aussprechen dieser drei Worte vor Glück erschauert, die der Terror nunmehr von den Giebeln gelöscht hatte. Der Baum der Freiheit beugt sich, aber bricht nicht. Die Republik ist unsterblich; ich vertraue auf ihre Wiedergeburt.

Am Abend von Charlottes Tod wollte ich im Hôtel de la Providence in der Rue des Vieux Augustins 19 übernachten und bat um das Zimmer, in dem sie untergebracht gewesen war. Ich wollte in dem Bett schlafen, wo ihr überwältigender Körper sich ausgestreckt hatte, mich in den Laken räkeln, die ihre keusche Nacktheit umhüllt hatten. Möglicherweise, so hoffte ich, war der Duft ihres Parfüms noch nicht verflogen. Mich empfing ein Weibsstück, eine gewisse Frau Grollier.

– Und wieso willst du genau das Zimmer von dieser Schurkin, Bürger?

– Ist doch egal, ich biete dir meine Uhr dafür.

Sie betrachtete das Objekt lange, bevor sie es in ihrer Schürze verschwinden ließ. Nun gut. Das war besser für sie als die Bezahlung in Assignaten. Bevor ich hinaufging, bestellte ich bei ihr noch eine Flasche Wein. Im Zimmer setzte ich mich, öffnete die Flasche und trank die Hälfte.

Charlotte erfüllte meine Gedanken. Im süßen Wahn verfasste ich ein Loblied auf sie. Hatte ich für die mühselige Ausarbeitung meiner *Stellungnahme* beinahe drei Wochen benötigt, genügten mir jetzt einige Stunden, um die *Lobrede* in eleganter Sprache, ungeachtet meines lückenhaften Französischs, zu vollenden. Eine Kleinigkeit, die Präsident Dumas nicht entgangen ist: »Alles deutet darauf hin«, sagte er vorhin während des Prozesses zu mir, »dass Sie der Verfasser der Schrift sind und dass andere noch daran gefeilt haben.« Er hatte Recht, aber ich weigerte mich, Namen zu nennen. Doch wie sollte ich erklären, dass mein Französisch sich über wenige Tage so sehr verbessert hatte? »Ich habe Bücher gelesen«, antwortete ich einfach.

Die Erklärung ist viel banaler: Ich hatte einen Dichter aufgetrieben, dessen Verse so schön sind wie der Hass der Tyrannen abscheulich, und bat ihn, meine Schriften zu korrigieren. Er erklärte sich unter dem Deckmantel der Anonymität dazu bereit und gab mir einige Stunden später die Reinschrift zurück. Dann fand sich ein illegaler Drucker, dem der Inhalt meiner Prosa gleichgültig war und der mir helfen wollte. Er lehnte die Bezahlung in Assignaten ab – »Alles Fälschungen aus englischer Produktion«. Er war nicht großmütig, sondern hellsichtig – »Nichts geht über ein bisschen Gold, lassen Sie sich das von mir gesagt sein!«. Daraufhin überließ ich ihm meinen Ring, den einzigen Luxus, der mir noch verblieben war. Für seine Mitwirkung an der Publikation aufständischer Schriften hätte er unter der Guillotine landen können. Das kümmerte ihn wenig. »Ich mache keine Politik«, entgegnete er mir. »Für mich sind Gironde, Gebirge und Flachland Jacke wie Hose. Ich will bloß etwas Mehl im Beutel und ein paar Silberlinge in der Westentasche haben. Allerdings werden mir die Herren des Konvents gewiss nicht dabei helfen, lassen Sie sich das von mir gesagt sein!« Nun, wenn er meinte … Noch am selben Abend verteilte ich vor der Versammlung meinen in altmodischer Schrift auf dünnes Papier gedruckten Text. Ohne diese beiden mutigen Männer, deren Namen ich verschweigen werde – zu groß ist meine Angst, sie durch Nennung in diesem Brief zu verraten –, wäre mir die Umsetzung dieses Vorhabens unmöglich gewesen. Wenn die Geschichte sie nicht würdigen wird, mögen sie auf diesen Seiten, die ich mit fiebriger Hand beschreibe, den Ausdruck meiner aufrichtigsten Dankbarkeit lesen.

Als die *Lobrede* verfasst war, trank ich die Flasche leer und glitt endlich zwischen die Laken. Ich zitterte vor lauter Wein, Freude und Schrecken. Ich war entschlossen, in diesem Bett, wo Charlotte eine ihrer letzten Nächte verbracht hatte, zu sterben. Lange Zeit habe ich das Messer, das ich mir in die Brust stoßen wollte, hin- und hergewendet. Aber bevor ich für sie starb, wollte ich für sie leiden. Ich ritzte mir in den Unterleib und ließ das Blut auf die Laken rinnen. Ihr Weiß färbte sich granatrot: Ich sah die Farbe der Bluse, die Charlotte auf dem unheilvollen Karren trug, vor mir. Plötzlich wurde alles klar, ebenso klar wie das Blut, das sich weiter ausbreitete: Ich musste leben, um wie Charlotte zu sterben, auf dem Schafott, nicht wie ihr Opfer mit durchbohrtem Herzen. Ich ergriff die im Dämmerlicht des Zimmers flackernde Kerze und ließ das heiße Wachs auf mein zerrissenes Fleisch tropfen, um die Wunde auszubrennen.

Der Schmerz ließ mich kalt, im Gegenteil packte mich eine gewaltige Begierde. Das Bild der regennassen, an ihrer Haut haftenden Bluse betörte mich noch immer. Ich rief Mutunus Tutunus an, mit einer lateinischen Beschwörung, und murmelte dabei *Carlotta, Carlotta*. Und bald darauf stöhnte ich nur noch, stoßweise. Mich meinem onanistischen Verlangen hingebend, entweihte ich das Heiligtum ihrer Jung-fräulichkeit. Was soll's, ich vögelte sie in Gedanken – sie, die niemals einen Mann gekannt hatte. Ich träumte davon, diese enthauptete Leiche physisch zu besitzen, diese Möse, die David und Chabot post mortem inspizierten, um dort die Spuren irgendeiner Verfehlung zu suchen, vergebens: Sie bestieg das Schafott als Jungfrau; kein Liebhaber hatte jemals seine rächende Waffe geladen.

Am Morgen ließ ich das Bett mit Sperma, Schweiß und Blut besudelt zurück. Sollte doch die Gorgo, die gegen Charlotte ausgesagt hatte, alles säubern. Da nun meine Schadenfreude befriedigt war, blieb mir nur, diese lasterhafte Nacht durch einen tugendhafteren Tod zu sühnen.

Ich suchte erst den Dichter auf, dann den Drucker und verteilte die *Lobrede* auf Charlotte vor dem Rathaus, dem Palais Royal und dem Palais des Tuileries an alle Bürger, die ich antraf, ganz gleich ob Wasserträger, Flickschuster, Mitglieder des Nationalkonvents oder Bäcker. Ich riskierte mein Leben für Charlotte; es war mir egal. Wer ohne Gefahr siegt, triumphiert ohne Ruhm – hatte ihr Vorfahr das nicht geschrieben? Mein Sieg würde das Schafott sein. Einziges Bedauern: nicht in Ermenonville auf der Île des Peupliers begraben werden zu können, gegenüber dem Mausoleum meines Meisters. Auf meinem Grabstein am Fuße einer hundertjährigen Eiche hätte man lesen können: »Hier ruht Adam Lux, Schüler von Jean-Jacques Rousseau.« Stattdessen würde der schändliche Henker meine Leiche kalten Herzens in den Leichenkarren werfen. Denn ich bat nur um eins: dass man mir die Ehre der Guillotine erweise, dieses Altars, auf dem man nunmehr die Opfer schlachtet. Forster behauptete, meine Leidenschaft für Charlotte habe mich auf Abwege gebracht. Kerner bat mich inständig zu fliehen. Aber wohin? Ins besetzte Mainz? Niedergeschlagen blieb ich und ernährte mich jeden Tag ausschließlich von einem viertel Pfund Brot. Bald, war ich mir sicher, würde man mich holen.

Ende Juli wurde ich festgenommen, verhört und an die Armee überstellt. Dort gab es nur einige Betten voll verwanzter Strohsäcke, mit denen man sich begnügen musste. Wir waren dreißig in einem einzigen Raum mit einem einfachen Holzzuber als Latrine, aus dem ein dermaßen pestartiger Gestank drang, dass man sich die Nase mit einem Taschentuch zuhalten musste, um nicht zu ersticken. Faules Fleisch, gammeliges Gemüse, verdorbener Dorsch war die einzige Nahrung, dazu ein halber Liter Wasser aus der Seine gegen den Durst. Die erste Nacht war die härteste. Und dann gewöhnte man sich daran, wie an alles andere auch. Später kam ich in die Wohnungen der Krankenstation, wo man besser untergebracht ist. Ich verbrachte meine Tage mit Schlafen, Lesen und Plaudern. Dort weilten brillante Köpfe: Vergniaud, der größte Redner unserer Zeit, vor vier Tagen guillotiniert; Miranda, jener venezolanische General, der in Afrika, in den Vereinigten Staaten, auf den Antillen und in Valmy gekämpft hat; Montané, ehemaliger Präsident des Revolutionstribunals, der sich laut Fouquier-Tinville schuldig gemacht hatte, Charlotte für verrückt, folglich für unzurechnungsfähig zu erklären; Champagneux, der zum Zeitpunkt seiner Festnahme Hérault de Séchelles das handgeschriebene Manuskript von *Émile* übergeben wollte; und all die weiteren jungen, mutigen Männer, die geduldig im Vorzimmer des Todes warteten, auf dass man sie abhole, um sie zu töten. Das dauerte drei Monate lang.

Mir begann die Zeit lang zu werden, und um die Dinge zu beschleunigen, beschloss ich, Fouqier-Tinville einen Brief zu schreiben, damit die Justiz über meinen Fall entschied: »Bürger«, schrieb ich, »eine andere Meinung als die Regierenden zu haben, ist möglicherweise ein Verhängnis; sie zu publizieren, ist möglicherweise Leichtsinn. Warum aber sollte es absoluter Wahnsinn sein, wenn man nicht allen anderen vollkommen gleicht? Ich bitte um ein zügiges Urteil. Möge das Gericht entscheiden, ob ich Republikaner bin oder Konterrevolutionär, verrückt oder vernünftig, weise oder irre, unschuldig oder schuldig. Denn alles scheint mir besser als diese ungerechte und unverdiente Schande, hier eingesperrt und durchgefüttert zu werden – nutzlos, armselig, verachtenswert. Folglich bitte ich Sie inständig, bald zu entscheiden, ob Anklage gegen mich erhoben wird oder nicht, und, falls ja, mein Urteil zu fällen. Welche Folgen dieses Urteil auch haben mag, ich verbleibe in größter Verbundenheit.«

Und um sicherzugehen, dass ich bekommen würde, was ich wollte, forderte ich den öffentlichen Ankläger in einem zweiten Brief unter dem Pseudonym Moschenbey dazu auf, »den entsetzlichen Adam Lux, der Marat als Monster beschimpft und die ruchlose Charlotte Corday mit Brutus verglichen hat«, dem Revolutionstribunal zu überstellen.

Anscheinend war man sich nicht einig über mein Schicksal. Einige hielten mich für verrückt – die Zeitung *Courrier de l'égalité* riet mir zu kalten Bädern – und fanden, dass man mich durch eine Verurteilung zum Märtyrer machen würde; andere behaupteten, dass man meinem Ansuchen nachkommen müsse, da ich sterben wolle und mich mit konterrevolutionären Schriften schuldig gemacht hatte. Letztere gewannen. Einige Tage später wurde mir die Anklageschrift zugestellt.

Der Prozess begann damit, dass Präsident Dumas mich zu meiner Herkunft befragte:

– Sie heißen Adam Lux, sind siebenundzwanzig Jahre und zehn Monate alt, wohnhaft in Kostheim nahe Mainz. Also Deutscher?

– Einem deutschen Prinzen zum Untertan geboren, erwiderte ich, bin ich Franzose geworden, weil ich an die Rechtschaffenheit der Revolution glaubte. Heute habe ich kein anderes Vaterland mehr als die Freiheit.

Ich wurde als »Autor von Provokationsschriften, die zur Auflösung der Nationalversammlung und zur Wiederherstellung einer die Herrschaft des Volkes leugnenden Ordnung aufrufen« zum Tode verurteilt. Zu meiner Verteidigung antwortete ich mit nur einem Satz: »Ich füge mich dem Gesetz.« Diesem Gesetz, dessen Schwert mich spätestens in zwei Stunden *ad patres* befördern wird. Am 29. März, also hundertzehn Tage vor Charlottes Tod, bin ich in Frankreich angekommen. Ich werde am 4. November sterben, hundertzehn Tage nach ihr. Niemand kann mir verwehren, diese unheilvolle, vergängliche Symmetrie als Zeichen des Schicksals zu sehen. Und was kann der Mensch schon gegen das Schicksal ausrichten? Ein vom Dach fallender Ziegel hätte mich töten können, und mein Tod hätte der Freiheit nicht gedient; auf diese Weise sterbe ich zumindest in Ehren. Möge dieser Gedanke meine Frau trösten, die ich liebe, auch wenn ich für eine andere sterbe; sie wird meinen Verlust beweinen, sich jedoch durch ihn geehrt fühlen. Ich werde ihr nicht bei der Erziehung unserer Töchter helfen können, aber ich hinterlasse ihnen zum Gedenken meine Gefühle, mein Leben und meinen Tod.

Sabine, meine liebe Frau, Appolonie-Thérèse, Marie-Anne, meine geliebten Töchter, bitte verzeiht mir den Kummer, den ich euch bereite. Aber bald werde ich euch näher sein als in den letzten sechs Monaten, da mein Geist, frei von seiner weltlichen Hülle, um euch schweben wird.

Bis dahin bin ich hier, in dieser engen Zelle. Es bleibt mir nur wenig Zeit, diesen Brief, gewissermaßen mein Testament, zu Ende zu bringen. Wer ihn eines Tages liest, falls überhaupt, wird meinen Entschluss vielleicht verstehen. Als ich den Tod wählte, tat ich das nicht, wie behauptet wurde, aus Leichtfertigkeit oder Wahnsinn. Diese Entscheidung ist die Frucht langer Überlegung. Mit meiner Entscheidung für den Tod habe ich mich auch für das Handeln entschieden. Ich wog das Für und Wider ab und verweigerte das Wider. Ich muss schließen, und noch immer gelten meine Gedanken nur Charlotte.

Nachdem die Klinge des Fallbeils über ihrem Nacken niederging, griff sich ein Zimmermannslehrling, ein fanatischer Anhänger Marats, den Kopf aus dem Korb, schwenkte ihn vor den erregten Massen und ohrfeigte sie als äußerste

Demütigung drei Mal. Ein Schauder des Grauens ging über die Place de la Révolution, und anstelle des erwarteten Applauses ertönte lediglich entrüstetes Gemurmel. Wie Tausende andere, die an dem Tag diesem schauerlichen Schauspiel beiwohnten, kann ich beschwören, bei der ehemaligen, nun von Preußen und Österreich besetzten Mainzer Republik, bei den Stufen des Schafotts, die ich emporsteigen werde, wie man zu einer Apotheose emporsteigt, bei meinem Kopf, der bald in den Henkerkorb fallen wird, und bei den Köpfen der Vollstrecker, meiner Brüder, die ich nachher küssen werde – denn indem sie ihre Pflicht tun, schicken sie mich zu der Frau, für die ich heute hier sein will –, kann ich beschwören: Ihr schönes, gedemütigtes Gesicht, dessen Augen nur halb geschlossen waren, wurde purpurrot; sie errötete.

ADAM LUX, Sondergesandter aus Mainz

übersetzt von Friederike Ridegh

Kiev Renaud
UND IN SEIDE GEHÜLLT

\\\\\

Als wir zehn Jahre alt waren, spielten Sybille, Ophélie, Laure und ich auf dem Dachboden meines Elternhauses Prostituierte. Wir schlüpften in Kleider vom Eis- oder Kunsttanz und trugen offene Morgenröcke über unseren Bikinis. Die Stoffdreiecke bauschten sich über unseren noch flachen Brüsten. Meine Mutter schminkte sich nicht, also brachten mir meine Freundinnen abgelaufene Kosmetikprodukte mit: pastellfarbene Lidschatten, Cremes, die uns unsere ersten Pickel bescherten, und rostige Rasierer, mit denen wir den Flaum an unseren Beinen stutzten und dabei unsere Haut schürften. Der ganze Raum roch nach Puder und Nagellack.

Ich besitze noch ein Foto von diesen Samstagen. Ein unscharfes Negativ, das ich im Kuvert einer alten Geburtstagskarte aufbewahre. Wir versinken in unseren zusammengewürfelten, viel zu großen Kostümen und blicken gerade in die Kamera, die Hüften zur Seite weggestreckt. Laure zeigt als Einzige schon einen Ansatz von Brüsten, zwei kleine weiche Spitzen, ihre Haare verhüllen ihr Gesicht. Sybilles Mund ist rot, durch den Lippenstift wirkt er noch voller. Ophélie wirft einen verstohlenen Blick auf die anderen, um ihre Pose mit unserer zu vergleichen. Meine Ohren stehen vom Kopf ab, meine Haare sind in zwei dicke Zöpfe gebunden.

Wir wussten damals schon, wie man über Politik redet. Wir nahmen Klavier- und Geigenunterricht, machten bei Matheolympiaden und Jazzdanceabenden mit. Wir aßen

Baba Ghanoush, Artischocken und Granatäpfel zu Mittag. Wir waren topmodisch gekleidet, und unsere langen Zöpfe baumelten bis über die Schultern. Auf den Schulfotos stehen wir neben einem Globus, unsere Hände ruhen brav auf einem Wörterbuch. In unseren dunklen Kleidern lächeln wir friedlich. Bei diesem Anblick musste man wirklich vermuten, dass wir unsere Wochenenden mit Puzzeln verbrachten. Andauernd hörten wir Lieder von Dalida, stellten uns auf die Zehenspitzen und sangen *Gigi L'Amoroso* und *Les Temps des fleurs* – auswendig. Wir übten Räder zu schlagen und knoteten dabei unsere Rockzipfel zusammen, um uns nicht im Stoff zu verheddern.

Sybille war die gefragteste Prostituierte, sie hatte ein Handy und tat so, als würde sie ständig telefonieren. Sie stellte Kondome aus Wachs her: Von angezündeten Kerzen ließ sie die zähe Flüssigkeit auf ihre Finger herabtropfen und formte daraus schmierige Blasen. Dann stieg sie die Treppe hinab, um ihre Kunden zu empfangen. Um besonders glaubwürdig zu wirken, schnappte sie sich ein Buch und wartete eine Weile. Als sie zurückkam, fischte sie Papiergeld aus ihrem BH, zählte ihren Gewinn und beklagte sich über unsere Faulheit: *Mädels, gebt es zu. Ich bin es, die euch ernährt!* Dann erzählte sie schaurige Geschichten: von Prostituierten, wie wir sie waren, die man in engen Gassen erdrosselte, oder von Krankheiten, bei denen die Zähne verfaulten und sich die Haut gelblich verfärbte.

Sybille war ein winziges Mädchen, sie trug dicke Brillengläser, die ihre Augen riesig erscheinen ließen. Trotzdem war sie aufgeweckter als wir und spielte ihre Rolle perfekt. Sie setzte einen französischen Akzent auf und war nie um Worte verlegen: Sie kannte den Begriff »Orgasmus« und setzte realistische Preise für Blowjobs an. Es war das Vierfache unseres Taschengeldes. Wir dachten damals an all die Gummibärchen, die wir dafür bekommen könnten. Gelernt hatte sie das alles bei ihrer älteren Schwester. Sybille erzählte, um zu wissen, ob man schlaffe Brüste habe, müsse man einen Stift unter eine Brust stecken. Wenn dieser in der weichen feuchten Falte stecken bliebe, würden wir niemals begehrenswert sein. Gemeinsam mit den anderen Mädchen leerte ich daraufhin meine Federtasche. Auf dem Schulhof bildeten wir einen Kreis und schoben die Hände unter unsere T-Shirts. Ich kann mich noch an das Geklapper erinnern, mit dem die Stifte einer nach dem anderen auf dem Asphalt auftrafen. Sybille erzählte weiter: Um zu erfahren, ob wir gut küssen könnten, sollten wir versuchen, mit der Zunge einen Kirschstängel zu verknoten. Aus Angst vor der Schmach verknotete ich den schleimigen Stiel mit spitzen Fingern, als die anderen gerade wegsahen.

Ich hatte den alten Familien-Computer geerbt, und wir chatteten damit auf Datingwebsites. In vorbildlichem Französisch verkauften wir uns als Blondinen mit großem Busen, kicherten und aßen Kartoffelchips, auf dem Schoß immer ein Wörterbuch. Sybille saß vor der Tastatur und tippte mit zusammengekniffenen Augen Buchstabe für Buchstabe, als handele es sich um eine Prüfung. *Ich habe gerade nichts an,* schrieb sie, beugte sich zu uns vor, zog ihr Shirt hoch und schnitt eine Grimasse. Unser Chat-Partner fragte, wo wir wohnten; wir nannten ihm einen nahegelegenen Ort, den wir von einem Klassenausflug kannten, gaben eine falsche Adresse an: Unsere Glückszahlen für die Hausnummer, und ein Schriftsteller musste für den Straßennamen herhalten.

Um uns Anregung für die Chats zu verschaffen, scrollten wir auf Pornoseiten herum. Im fahlen Licht des Bildschirms sahen die Gesichter meiner Freundinnen fast weiß aus. Eingehend betrachteten wir enthaarte, bläuliche Geschlechtsteile. Wir beäugten das Fleisch von so Nahem, dass wir nur noch dessen bloße Farbe wahrnahmen. Der Spalt sah aus wie eine Wunde. Nichts an diesem Körper erinnerte uns mehr an den eigenen. Um die Nacktheit zu benennen, hatten wir Begriffe auswendig gelernt, aber sie kamen mir klinisch, grob, ja geradezu brutal vor.

Bei all diesen Gesprächen im Netz beschrieben wir ohne Unterlass unsere Schönheit. *Ich habe seidenweiche Haare und volle Lippen.* Die Männer baten uns um weitere Details. *Mein Bauchnabel ist gepierct, bei Hosen trage ich Größe XS, ich kann gut küssen, sogar einen Kirschstängel mit meiner Zunge verknoten.* Wollten sie mehr von uns sehen, schickten wir Bilder von unserer Lieblingsschauspielerin. Stolz nahmen wir alle Komplimente entgegen, als ginge es dabei um unsere eigenen Körper. Sobald das Gespräch in Richtung Koitus-Beschreibung abdriftete, begannen wir uns zu langweilen. Wir verabredeten uns mit unserem Chat-Partner für ein angebliches Rendezvous an einem beliebigen Bahnhof, wo wir ihn *nackt, nur mit einem Mantel bekleidet,* erwarten würden. Dann schalteten wir den Computer aus.

Oft spielte ich die Rolle der schwangeren Prostituierten. Dafür legte ich mich auf das Sofa und stopfte Kissen unter meine Verkleidung – ein Kostüm in Hahnentrittmuster, das einst meiner Mutter gehörte hatte. Ich schwitzte in diesem Schwangerenaufzug, stopfte aber immer mehr Kissen vor meinen Bauch, um die verstreichende Zeit zu simulieren. Mir gefiel diese passive, träge Rolle: Mein Schwangerschaftsbauch diente als eine Art Zeitmesser. Ich betrachtete den Teppichboden; seitdem meine Eltern die Wände gestrichen hatten, war er mit weißen Farbflecken übersät. Dann schaute ich in die Gesichter meiner Freundinnen, die mit ähnlich grellen Farben bemalt waren. Auf diesem Dachboden stand die Hitze. Gegen Ende des Nachmittags verschnürten wir unsere Bademäntel, um in die Küche hinunterzugehen, trockene Kekse und Früchte zu suchen, die wir wie ein Festmahl verspeisten – und taten so, als hätten wir seit Tagen nichts gegessen. Meine Eltern beobachteten uns neugierig. Vermutlich sahen wir nicht vulgär, sondern einfach nur lächerlich aus.

Interessiert betrachteten wir unsere Bauchnabel, verglichen und berührten sie: Der von Sybille war rosa und prall;

der von Ophélie gefaltet wie Origami; meiner ein unauffälliger
Schlitz und über Laures tiefe Höhle stülpte sich ein kugeliger
Knopf. Laures körperliche Entwicklung war fortgeschritte-
ner als unsere. Neugierig – als seien sie ein neues Spielzeug –
begutachteten wir ihre Brüste. Wir ließen keine Gelegenheit
aus, sie zu berühren. Unsere Badeanzüge fütterten wir mit
Taschentüchern, die Ehrgeizigeren mit Stofftieren. Mit
der flachen Hand pressten wir unsere Brüste zusammen, bis
sich eine Falte bildete. Doch recht schnell langweilten uns
diese Tricks, und das Polstermaterial landete auf dem Fußboden. Nur Laure konnte nichts ablegen, sie tat uns etwas leid.
Sie hatte als einzige keinen Spaß an unseren Spielereien.
Sorgsam schminkte sie sich, trug jedoch ein Seidenhemd
ohne Ausschnitt und spielte das Waisenkind, das in unserem
Bordell Unterschlupf gefunden hatte. Nie stieg sie die Treppe
hinab. Sie spielte das Kleinkind, warf sich Lumpen über und
sagte, in eine Ecke gekauert, Kinderreime auf. Gelegentlich
wollte sie mein Baby sein, dann schob sie ihren Kopf unter
meine Jacke, legte sich auf die Kopfkissen und döste ein.
Auf meinem Bauch spürte ich ihren gleichmäßigen warmen Atem. Sybille zählte unterdessen mit angefeuchtetem
Daumen ihr Geld. Ophélie lackierte im Schneidersitz ihre
Zehennägel. Als Laure sich, noch im Schlaf, von mir löste,
bemerkte Sybille das sofort. Sie rannte auf uns zu, zog Laure
am Arm, drängte sie zur Treppe und befahl, sie müsse ihr
Geld nun allein verdienen. Laure wand sich jammernd auf
dem Fußboden: *Neeeiiin! Ich bin doch gerade erst auf die Welt
gekommen!*

Abends kamen die Eltern meiner Freundinnen, um sie
abzuholen. Zusammen stiegen wir die Treppen hinunter. Wir
seiften unsere Gesichter ein und flochten unsere Haare, zogen unsere eigenen Kleider wieder an, die wir bunt durch-
einander auf einen Haufen geworfen hatten, und verstauten
die Kostüme in einem Koffer. Mit geröteten Wangen und
Augen warteten wir beim Eingang und schauten aus dem

Fenster, um die Autos bei ihrer Ankunft erkennen zu können. Abends, wenn wir mit unseren Familien beim Essen
saßen, lächelten wir verstohlen, während das Wachs von den
Kerzen tropfte.

übersetzt von Winnie Bennedsen

Arthur Larrue
DIE DRITTE DIMENSION
DER SIEBTEN ETAGE

\\\

Faustine hieß Faustine wie eine der Protagonistinnen des Buches, in dem sie, vor sich hin träumend, langsam blätterte. Ihr
Blick blieb ab und zu an Worten hängen, die meisten vergaß
sie gleich wieder. Der Handlungsstrang des Romans verirrte
sich in ihr. Es war kurz nach elf Uhr, und sie war noch im
Bett. Er hatte gegen Mittag gesagt. Nach dem Liebesspiel
würde er sie zum Mittagessen in ein japanisches Restaurant
ausführen. Es gab den Geliebten, auf den sie wartete, und den
Wunsch, den sie verspürte, woanders zu sein, ohne ihr Bett
oder ihr Zimmer zu verlassen. Nackt trank sie Rauchtee. Da
war dieser Roman, den sie weder mochte noch verstand, und
dieser verheiratete Mann, den sie neben sich fühlen wollte.
Ihr Tag war somit identisch mit dem vorherigen, ein wenig
zu lang. »Ich gehe nicht aus dem Haus, ich mache nichts, ich
weiß nicht einmal, was ich sagen soll.« Vor etwa zehn Jahren
hatte sie eines Tages zu lesen begonnen, und ihr Apartment
im siebten Stock der Rue Cler hatte sich nach und nach mit
Büchern gefüllt.

Lesen hieß nicht, dass man etwas unternahm.

Es hieß aber auch nicht, dass man nichts tat. Wenn Faustine las, war sie auf der sicheren Seite.

Meist las sie wie jetzt, mehr liegend als sitzend, den Rücken gegen ein Kissen gelehnt. Manchmal gelang es ihr, im
Stehen zu lesen, beim Kochen. Sie hatte es noch nie fer

tiggebracht, unterwegs in Paris zu lesen. Ihre Abstecher ins Freie hatten sich abgekürzt, oft gar überstürzt geendet. Sie kehrte so schnell wie möglich nach Hause zurück, verließ die Wohnung nur, wenn es unbedingt nötig war, oder für sehr oberflächliche und snobistische Anlässe, für die sie sich gern passend kleidete. Sie hatte ihn bei einer Cocktailparty der Botschaft von Italien kennengelernt, wo er als Kulturattaché arbeitete. Er hatte sich ihr genähert, hatte gefragt, was sie im Leben mache. »Gar nichts, ganz und gar nichts. Und damit viel mehr als die erdrückende Mehrheit meiner Artgenossen. *Ich schreibe alle Bücher, die ich lese ...*« Weil er mehr darüber hatte wissen wollen, hatte sie ihm erklärt, auf Faksimiles des Manuskriptes von *Auf der Suche nach der verlorenen Zeit* alle Seiten gezählt zu haben, die Proust in seinen Notizbüchern zwar nummeriert, aber weiß gelassen hatte. »Um mir einen Raum zu schaffen, in dem ich mich einrichten konnte.« Sie trug an diesem Abend ein fleischfarbenes Kleid. Er fand das, was sie erzählte, faszinierend. »Ich habe ebenso überall in der Bibel das Wort GOTT herausgestrichen, dabei habe ich nur Löcher zurückgelassen. Hören Sie auf, mich so anzustarren, Sie glotzen wie ein Tier.« Faustine hatte ihren Blick über die Abendgesellschaft schweifen lassen. Um die Appetithäppchen hatte sich ein kleiner Auflauf gebildet, sie waren köstlich. Es handelte sich um Mozzarella-Scheiben, auf die man feine Sardellen drapiert hatte. »Hier langweile ich mich. Bei mir könnten wir uns vergnügen. Sie könnten mir zum Beispiel die Haare zerzausen. Sie erraten nicht, wie viele Nadeln sich in diesem Dutt befinden ...« Sie hatten sich schnell aneinander gewöhnt. Ihre Beziehung hielt. Abends kehrte er zu seiner Frau zurück, um den Schein zu wahren. Faustine tat nicht einmal mehr so, als wäre sie darüber traurig. Alles war fern. Nach mehreren Jahren zwanghaften Lesens hatte sich die Bedeutung der Ereignisse, selbst der intimsten, zerstreut. Die Bücher hatten sie aus dem herausgelöst, was die Mehrheit der Leute das Leben nennen. Ereignisse fanden statt, aber sie war nicht mehr da, um sie zu sehen. Sie hatte den Eindruck, dass diese ein lärmendes Fest in einem angrenzenden Gebäude waren, ein Fest, von dem sie nur die im Großen und Ganzen unangenehmen Geräusche wahrnahm. Die einzige Sache, die sie wirklich betraf, waren die Bücher, die sie übereinanderstapelte. Im Moment las sie *Locus Solus*. Der Autor, Raymond Roussel, hatte das Wohnmobil erfunden. Dieses Buch verkörperte für Faustine ein Fahrzeug, mit dem sie verreisen konnte, ohne sich fortzubewegen. Viertel vor zwölf. Er würde gleich da sein. Sie würde ihn an seinen Schritten erkennen. Er nahm nie den Fahrstuhl. Das Bad grenzte an ihr Schlafzimmer. Hinter den Wänden des Bades lag das eckige Treppenhaus des Gebäudes. Es war ein kleiner, mit rosafarbenen Fliesen ausgelegter Raum, in dem stets eine unterschwellig erotische, von den siebziger Jahren ererbte Atmosphäre herrschte. Faustine nahm *Locus Solus* und ihre Teetasse mit, setzte sich auf den Rand der Badewanne und hielt eine Hand unter den Wasserhahn, um sich zu vergewissern, dass das Wasser warm herauskam. Außerhalb des Betts fror sie immer sehr. Da waren die Spiegel und ihre Spiegelbilder, die ihr wie Eindringlinge vorkamen. Sie erkannte sich darin nicht wieder. Obwohl die Spiegel doch treu ihre grünen Augen, ihren lose zusammengesteckten Haarknoten, ihre Nase wiedergaben. »Ich bin vielleicht eine von diesen.« Bald verschwammen sie in den Dunstwolken, von den Silhouetten blieben nur diffuse Eindrücke. »Nein, ich bin nicht diese Bilder. Ich bin keine dieser Frauen.« Faustines Blick irrte über den Boden, wo etwas herumkrabbelte. Als sie in das Bad getreten war, hatten einige Insekten erschrocken die Flucht ergriffen. Sie wusste, dass es davon in ihrer Wohnung wimmelte. Sie brauchte sie nicht zu sehen, um sie in den Wänden, unter den Büchern und in den Nischen zu erahnen. Sie sorgte ja dafür, dass die Insekten gediehen. Sie waren sauber. Ihre schuppigen Körper glänzten sogar in der Dunkelheit. Sie ernährten sich vom Papier ihrer Bücher, gruben Furchen in die Seiten und umgingen dabei die Buchstaben, als könnten sie die Tinte nicht verdauen. Die Einbände, zu dick und zu hart, ließen sie unberührt, sodass nichts am äußeren Erscheinungsbild der Bände auf den inneren Befall hinwies. Waren die Bücher geschlossen, ahnte man nichts. Aber sobald man sie aufschlug, entdeckte man, dass jedes Blatt von winzigen Löchern durchsiebt war und nur noch durch ein Netz von gedruckten Buchstaben zusammengehalten wurde. Faustine wusste, dass ihre Insekten kein Licht vertrugen. Sie öffnete ihre Fensterläden nur mehr zu einem Drittel und hatte so ihre Stromrechnung halbiert. Sie wusste auch, dass sie eine hohe Luftfeuchtigkeit mochten; sie ließ also wie jetzt ständig warmes Wasser fließen, um ihr Appartement mit warmem Dampf zu füllen. Sie kannte den Namen ihrer Art: »Silberfischchen«. Aus der Ordnung der Zygentoma, zur Familie der Lepismatidae gehörend, bezeichnete man die Zuckergäste als Silberfischchen, weil ihre Art, sich zu bewegen, an die von schwimmenden Fischen erinnert.

»Ich bin all diese Insekten zugleich!«

Zu diesem Schluss war Faustine nach einigen physiologischen Beobachtungen gekommen, die größtenteils auf der Analyse beruhten, die Henri Bergson am Ende des ersten Kapitels seines Werks *Schöpferische Entwicklung* über das Auge und das Sehen vornahm. Und dazu kam, dass sie in der heutigen Zeit lebte. Das Lesen war bereits sehr selten geworden. Die Bücher besaßen nur noch einen volkstümlichen oder überlieferten Wert. Die Literatur entpuppte sich als eine Art Marine mit Segelschiffen oder eine Art Vorfahre des Kinos. Man betrachtete sie. Man hatte keine Zeit dafür. Man urteilte über ihr hochtrabendes Wesen. Man verlangte nicht mehr nach ihr.

Ihre Ansichten zu diesem Thema fasste Faustine wie folgt zusammen:

»Beim Lesen überträgt sich der Blick auf die Worte und dringt in die Leere ein, in der die Sätze hängen. Ganz anders, gar entgegengesetzt, reagiert das Auge auf den Kontakt mit einem Bild, vor allem, wenn dieses bewegt ist oder auf einen Bildschirm projiziert wird. Ein Bild ist per se gesättigt. Das Auge hat keinen Raum, in den es sich einmischen kann, es bleibt auf Abstand. Die Seite eines Buches ist hingegen stets eher leer als voll, mehr weiß als schwarz. Dieser Unterschied in der Zusammensetzung, der zwischen einer geschriebenen Seite und einem Bild besteht, legt zwei entgegengesetzte Betrachtungsweisen nahe, vor allem aber zwei Arten zu existieren. Das Betrachten eines Bildes ist passiv, Lesen ist aktiv. Man steht gebannt und fasziniert vor einem Gemälde oder einem Bildschirm, während unser Auge *frei* in das weiße Papier eindringt, mit derselben Gier wie die Silberfischchen … Indem die Menschen nicht mehr lesen, haben sie die innerlichen Reisen abgeschafft. Sie haben den Geist aufgegeben.«

Faustine war nicht weit davon entfernt zu denken, dass sie tatsächlich in den Büchern verschwand, dass sie an ihrer Stelle sprachen, in einer aufrichtigeren und klareren Sprache als jede, die sie sich hätte erhoffen können.

die
Worte
bewegten sich

wie

die Lippen

Nachdem sie Badeschaum ins Wasser gegeben hatte, stieg sie in die Wanne. Sie war noch nicht aus *Locus Solus* aufgetaucht. Sie wusste nicht mehr, ob sie sich in ihrer Badewanne oder in dieser Villa befand, in der sich der Roman abspielte. Von Seite 114 erfassten ihre Augen nur wenige Worte.

sachte
begann

die Zeit

sich zu verlangsamen

Die Zeit hatte sich tatsächlich verlangsamt, und Faustine war
eingenickt, als der hohe Ton der Klingel durch die Wohnung
schrillte. Der Liebhaber schnaufte vor der Tür. Sie stieg rot
und tropfnass aus der Wanne und machte ihm auf.

mit
seinem
Schwanz
kam er herein

vorbereitet auf
ein hitziges Gefecht

\\\

»Jedenfalls hat sie hinter ihm die Tür wieder zugemacht,
Commandant. Sie hat den Schlüssel umgedreht und den
Riegel vorgeschoben. Das Bett wirkte noch warm, sie haben
sich offenbar sofort hineingestürzt. Die Decke war zur Seite geworfen, und der Abdruck zweier eng umschlungener
Körper war zu erkennen. Die Botschaft, bei der der Mann
arbeitete, hat sein Fehlen gemeldet. Seine Sekretärin hat uns
diskret auf die Wohnung in der Rue Cler hingewiesen. Weil
dort nach zwei Wochen immer noch niemand öffnete, haben
die Feuerwehrmänner die Tür eingeschlagen. Die Wohnung
war aber leer. Nichts, außer diese Anhäufung von Büchern,
diese komischen Insekten, die vom Boden bis zur Decke herumwuseln, und diese feuchte Luft wegen eines voll aufge-

drehten Warmwasserhahnes. Nicht die geringsten Blutspuren. Nicht das geringste Anzeichen eines Eindringens. Nichts. Weder sie noch er können die Wohnung verlassen haben, außer sie sind in der Lage, durch Wände zu gehen. Die Tür war von innen abgeschlossen, der Riegel vorgeschoben. Die Kleidung des Mannes liegt zerknautscht am Fuß des Bettes, als hätte er sich gerade ausgezogen. Sie werden mir zustimmen, dass er sicherlich nicht nackt hinausgegangen ist. Jemand aus der Nachbarschaft hätte es uns gemeldet. Wir haben es trotzdem überprüft, aber das hat natürlich nichts ergeben. Hier im Viertel wäre das nicht üblich, Commandant. Hier ist alles sehr bürgerlich, sehr steif. Auch nicht die Art des Mannes. Ein italienischer Diplomat. Respektabel. Gebildet. Keines der Fenster ermöglicht es, über die Dächer zu entweichen, und es ist kaum wahrscheinlich, dass sie mit einem Hubschrauber davongeschwebt sind … kurzum, sie müssen sich in Luft aufgelöst haben!«

Commissaire André Creuse musterte die Spuren, die der Rammbock der Feuerwehrmänner an der zertrümmerten Eingangstür hinterlassen hatte. Gewalt machte ihn immer schwermütig. Er zog sich Latexhandschuhe an, während er mit halbem Ohr dem Bericht des Gehilfen lauschte. Er kannte die Geschichte schon. Er wusste, dass ihn sein Chef mit diesem Fall beauftragt hatte, damit er daran scheiterte, um ihn in den vorzeitigen Ruhestand zu zwingen. Man hatte ihn satt. Noch ein Fehler, und er war dran. Creuse war seit Ewigkeiten Bulle. Früher war er richtig gut gewesen. Aber er war beim Kampf gegen die Bestie verzweifelt. Er lebte allein in einer möblierten Zweizimmerwohnung in Belleville, inmitten zahlreicher verstaubter Zimmerpflanzen. Ihn erstaunte nichts mehr, er ließ sich durch nichts mehr aus der Ruhe bringen. Seine Frau hatte ihn für einen Buchhalter verlassen. Und dann gab es den Alkohol, den er sein Technicolor nannte. Eine Streife hatte ihn vor einem Monat sturzbetrunken vor seinem Haus aufgelesen, als er nur mit einer Unterhose und einem

Cowboyhut bekleidet auf Straßenlaternen schoss. Alle wussten davon. Und jetzt musste man automatisch daran denken.

»Warum … wessen Art ist es denn, nackt auf der Straße herumzulaufen?«

»Ich weiß nicht, Commandant …«

»Dann halten Sie den Mund. Lassen Sie die Profis ihre Arbeit machen.«

»Gut, wenn ich irgendwie helfen kann, ich bin unten!«

»Genau. Sie sind unten …«

Der Gehilfe grüßte seinen Vorgesetzten, dann verschwand er im Fahrstuhl. Creuse trat in die Wohnung. Es gab einen engen Flur, der in ein fast quadratisches Wohnzimmer mündete. Bücherstapel kletterten die Wände hoch. Alles war überladen, aber sauber, fast pingelig. Die Wohnung einer Frau. Er griff auf gut Glück nach einem Buch und blätterte es durch, während er auf seinem Schnurrbart herumkaute. Es handelte sich um eine Taschenbuchausgabe von *Du hast das Leben noch vor dir* von Émile Ajar alias Romain Gary. Sämtliche Seiten waren zerfressen. Creuse zog die Augenbrauen hoch und hielt den Roman vor eine Glühbirne, um besser sehen zu können. Das Licht fiel durch winzige Löcher. Man konnte den Text ohne Mühe lesen. Die Wörter leuchteten mit einer Art innerem Feuer. Irgendwie war das schön. Was an sich keinen Nutzen hatte. Die borstigen Augenbrauen des Bullen trafen sich an der Nasenwurzel und bildeten zwei schräge Striche. Er dachte nach. Was ihm zu denken gab, war die Art und Weise, wie die Wände sich bewegten, und der Zusammenhang, den das Herumwuseln mit dem Verfall der Bücher hatte. Er näherte sich einem Stapel, der bis zur Decke reichte, und stieß ihn mit einem Schlag um, worauf eine Unmenge an flügellosen Insekten entblößt wurde, deren Körperform einer Kreuzung aus einem Glühwürmchen und einem Ohrwurm ähnelte. Er erinnerte sich nicht an den Namen. Er würde ihm wieder in den Sinn kommen, sobald er sich an den Mord an einem Bibliothekar in Orléans erinnerte. Eine Sittengeschichte, in die

eine senegalesische Prostituierte namens Edwarda verwickelt
gewesen war. Er hatte den Fall übrigens aufgeklärt damals.
Das war zu seinen ruhmreichen Zeiten gewesen, in denen er
noch einen guten Riecher gehabt hatte. Mit einer für seinen
alten, schlappen Körper ziemlich erstaunlichen Geschwindigkeit packte er eines der Tierchen und führte es an seine
Augen. Es bewegte die Beine und Fühler. Man spürte, dass
es Angst hatte. »Wir beide sind so unwichtig ... wer würde
uns suchen, wenn wir verschwänden? Wo ist unsere italieni-
sche Botschaft?« Er presste die Kuppen seines Daumens und
seines Zeigefingers zusammen und zerquetschte das Insekt
langsam. Von dem Tier blieb nur ein silberfarbenes Etwas
übrig, das die Konsistenz von Sperma hatte. Dieser letzte
Gedanke brachte André Creuse zum Grinsen, während er
sich die Finger mit einem Taschentuch abwischte. »Ich mag
diesen Ort. Hier fühle ich mich wohl. Diese Faustine wäre
ein Mädchen für mich gewesen. Na, meine Schöne, wo bist
du hin?« Er öffnete die Fensterläden und die Fenster, um das
Sonnenlicht hereinzulassen, und stellte mit Vergnügen fest,
dass die Silberfischchen vor den Strahlen flüchteten. Die Luft
im Apartment wurde frischer. Es war April, draußen blies
der Wind. Die süßlichen Gerüche verflüchtigten sich. Creuse stellte sich vor, wie sie auf den Zinkdächern hinabglitten.
Paris war schön draußen, wie immer. Die Pariser waren zu
Recht hochnäsig. Man hörte den Lärm von einem nahegelegenen Markt. Creuse atmete tief ein, blies seinen ohnehin
von der Zirrhose aufgeblähten Bauch noch weiter auf. Hier
konnte er Pläne schmieden, sich seine Zukunft ausmalen. Er
mochte dieses Apartment und diese Bücher. Er hatte den
Eindruck, Faustine gut zu kennen. Er kramte noch eine Weile
herum, durchsuchte alle Winkel. Als er aus einem Schubfach
einen Schlüpfer herausnahm, schien es ihm, als stelle dieser
indirekt einen zusammengerollten Körper dar. Er streichelte
Faustines Beine, zählte ihre Zehen. Sie begegneten sich. Sie
stieg aus der Wanne, um ihm aufzumachen. Er war es, ihr

italienischer Liebhaber. Was ergäbe »André Creuse« auf Italienisch? Es klänge singender, wärmer. Er flüsterte »Andrea Crozio« und fand das sehr schön. Einerseits war da die Realität dieses engen Raumes, und dann all diese Seiten in all diesen Büchern, gleichsam Portale, die in eine andere Dimension führten. Diese geistige und unberührte Unendlichkeit …

Danach würde Creuse sich an einem Imbiss eine kleine Leberwurststulle und ein Bier gönnen.

Im Schlafzimmer war das Bett in dem Zustand, den sein Gehilfe beschrieben hatte, sprich ungemacht, und in der Mitte befand sich der gespenstische Abdruck zweier umschlungener Körper. Daneben stand ein alter Digitalwecker, Fotos von Seelandschaften, eine kalte Teekanne. Auf dem Teppichboden lag eine Originalausgabe von *Locus Solus* von Raymond Roussel, die auf den Seiten 174 und 175 aufgeschlagen war. Creuse beugte sich vor und hob das Werk auf. Zu seiner großen Überraschung unterschied sich dieses Buch klar von den anderen. Das Papier war weder zerfressen noch durchlöchert, doch die meisten der gedruckten Worte waren ausgelöscht.

Man ist
    nach und nach
        eine goldene

                                                    Schrift
Und er, was war nach und nach aus ihm geworden?
        Wir vernahmen es aus dem Mund von
                    Faustine
                      und
                    Faustine
schwieg
sich auf den Grund fallen lassend

Nichts davon, was dem Commissaire André Creuse danach widerfuhr, verdient es, niedergeschrieben zu werden, oder nur wenig. Nachdem er sich kurz auf das Bett gelegt hatte und in die Betrachtung der Decke versunken war, verließ er das Gebäude, fest entschlossen, sich den Bauch mit der erwähnten Leberwurststulle vollzuschlagen. Unten beobachtete sein Gehilfe, wie die wohlhabenden Pariserinnen mit Faltenröcken ihre Einkäufe durch die Gegend trugen oder ihre kleinen launischen Hunde spazieren führten.

»Und, Commandant … haben Sie eine Spur?«

»Besser als das. Ich habe sie wiedergefunden! Ich glaube, das ist mein größter Coup.«

»Was? Dort oben? In der Wohnung?«

»Nein, im Buch.«

Creuse schwenkte *Locus Solus* durch die Luft. Sein Schnurrbart unterstrich sein Lächeln.

»Was wollen Sie damit sagen?«

»Was ich Ihnen sage. Sie sind ins Buch geflüchtet.«

»Ah …«

Der Gehilfe war nun doch ein wenig verstört.

»Ja! Zuerst hat Faustine den Diplomaten aufgegessen, dann hat das Buch *sie* mit ihm in ihr gefressen. Aus diesem Grund sieht man die beiden nicht mehr. Man wird sie übrigens nicht wiederfinden. Sie sind zu weit weg. Was für unsere Augen bleibt, das sind die Worte, die wie Abdrücke von Schritten sind. Man kann sie darin sehen, wenn man weiß, wie man hinschauen muss. Wer kann heutzutage noch lesen? Bleiben noch die Silberfischchen, ha, jetzt fällt mir ihr Name wieder ein! Orléans, die Bibliothek von Orléans … Edwarda, die schöne Farbige. Die Verzweiflung des Provinzbibliothekars wegen eines Silberfischchenbefalls in den wertvollen Manuskripten. Die große Sanftheit der schwarzen Frau, der Trost durch ihre Kurven und dieser elende Mord am Ende …«

Die letzten Sätze flüsterte er nur ganz leise, sodass der Gehilfe sie nicht hörte.

»Was, Commandant …? Sie denken, dass die Fische sie gefressen haben?«

»Silberfischchen‹, das ist der Name der Insekten, du Trottel.«

»Kein sehr gewöhnlicher Name für Insekten.«

»Ja.«

»Und diese Insekten haben die beiden Ihrer Meinung nach aufgefressen?«

»Nein, das *Buch*. Das Buch hat die *Frau* gefressen.«

»Aha …«

»Ja, die Insekten lesen noch richtig.«

»Und was ist mit dem Diplomaten? Wo ist er?«

»Sie wissen doch, wie die Liebe funktioniert. Er ist in sie eingedrungen, und dann ist er drinnen geblieben. Ihre Eltern haben es genauso angestellt, um Sie zu fabrizieren; an einem dieser Tage, an dem sie sich mal besser zurückgehalten hätten. So ist die Natur.«

»In Ordnung … also, ehrlich gesagt verstehe ich das alles nicht ganz. Diese Tiere lesen?«

»Ja.«

»Die Insekten lesen?«

»Ja, muss wohl so sein.«

»Ich bin wirklich nicht sicher, ob ich Ihnen folgen kann …«

»Was sind Sie doch dumm. Das ist kaum zu glauben!«

»Es ist nicht nett, so etwas zu sagen.«

»Ach, und ist es vielleicht nett, so dumm zu sein?«

»Damit tut man niemandem weh, Commandant.«

»Schlimmer, Sie richten dadurch viel größeren Schaden an! Klappe zu, Affe tot.«

»Auf Wiedersehen, Commandant … bis bald, hoffe ich!«

Letztlich sahen Creuse und er sich nie wieder. Mit demselben honigsüßen Ton, ohne allzu viel Eigeninitiative, machte der Gehilfe eine recht ordentliche Karriere. An diesem Tag jedoch wanderte *Locus Solus* schnurstracks in die Innentasche des beigefarbenen Regenmantels des alten Creuse. Der Quai des Orfèvres war nicht weit weg. Er musste nur die Seine überqueren. Auf einmal war er vergnügt. Etwas in ihm hatte sich gelöst. Eine neue Seite seines Daseins war aufgeschlagen. Unterwegs bekam er seine Stulle und sein Bier, ließ sich Pfeffergurken auf Ersteres legen und einen guten Schuss Picon in Zweiteres gießen.

für

eine gewisse Zeit noch

wahrte

das

weiße Papier

sein Leid

Nachdem er seinen Bericht abgegeben hatte, verließ Creuse die Polizei und Paris und zog aufs Land. Niemand weiß, wohin. Einige behaupten, er sei in der Bretagne, andere sagen, er lebe im Süden an der Grenze zu Spanien. Die Psychiater, die sich für seinen Fall interessierten, meinten, er habe den Bezug zur Wirklichkeit verloren. Sie erwähnten Übermüdung und Alkoholabhängigkeit. Jene, die seinen Bericht über das zweifache Verschwinden in der Rue Cler lasen, ließen verlauten, dass er in der Tat in die dritte Dimension der siebten Etage entflohen war. Dies war ein Ausdruck dafür, dass er komplett aus der Spur geraten war. In seinem Bericht legte er das dar, was er dem Gehilfen gegenüber schon erklärt hatte: dass Faustine erst ihren Liebhaber verschlungen habe, dass der Roman, den sie las (*Locus Solus*, Ausgabe Alphonse Lemerre, 1914), dann beide verschluckt habe. Es gab im Bericht eine Stelle, an die Creuse das Etikett eines milden Shampoos geklebt hatte, »2 in 1«, als wolle er mit diesem Werbespruch das Wesen des Verhältnisses zwischen dem Diplomaten und der Vermissten illustrieren. Das gefräßige Buch behielt Creuse für sich. Er zitierte nur verstreute Abschnitte daraus. Trotz der Mahnungen seiner Vorgesetzten hatte er es nicht wieder aushändigen wollen. Man spürte deutlich, dass es ihm wichtig war. Man beharrte nicht lange auf der Rückgabe. Er tat den anderen leid. Er glaubte, was er schrieb. Er unterstrich, dass *Locus Solus* im Lateinischen »einzigartiger Ort« bedeute, dass ein solcher Ort existiere, dass es nutzlos sei, diesen auf einer Karte zu suchen. Dorthin gelange man nur von der Rue Cler aus oder durch das Loch im Buchstaben O. Auf zehn Seiten ergab sich so in einer erbärmlichen Verwirrung eine Art mystische und pornografische Ausführung, in der sich literarische Verweise und persönliche Ängste mit Zitaten aus Zeitungsartikeln abwechselten, wie: »Nicht die Unreinheit des Bluts wird gefürchtet, sondern vielmehr die Leere im Inneren der Frau und ihr Potential zu verstören.« (Frédéric Keck in »Le Monde«, 23. Januar 2014). Creuse war beim Verfassen des Berichts zweifellos völlig betrunken, denn am Ende schloss er mit einer grotesken Widmung in Großbuchstaben: FÜR ALLE GUTEN MÄNNER, DIE NOCH ANGST VOR BÜCHERN UND FRAUEN HABEN.

Im Übrigen wurde der Fall bald ungelöst zu den Akten gelegt.

übersetzt von Max Stadler

Leïla Slimani
DORNRÖSCHEN

\\\\\

Ito und Amine heirateten vierzig Monde nach dem letzten
Tag des Ramadan. Sieben Tage und sieben Nächte lang
feierten die umliegenden Dörfer diesen Bund, der von den
zwei einflussreichsten Familien der Ebene erwünscht war. Am
Hochzeitsabend sah Ito ihren Ehemann zum ersten Mal. Als
der Vorhang, der sie vom Bräutigam trennte, geöffnet wurde,
rief sie aus: »Gott, wie schön er ist!«, und dankte dem Herrn
für dieses Geschenk. Das junge Paar verband eine tiefe und
zarte Liebe. Amine war ein sanfter und mutiger Mann, Ito ein
stolzes junges Mädchen und von feuriger Schönheit. Es war,
als wären beide aus dem gleichen Eisen geschmiedet, und sie
lebten in perfekter Harmonie zusammen.

Doch einige Monate nach der Hochzeit fing Ito an, sich
Sorgen zu machen, da sie nicht schwanger wurde. Im Dorf
bedrängten die Frauen sie mit Fragen. Finstere Blicke und
besorgte Hände legten sich auf ihren Bauch. Ito konnte kein
Baby mehr schreien hören, ohne in Tränen auszubrechen.
Auch Amine war betrübt. An den Beschneidungsfeiern der
anderen Dorfbewohner teilnehmen zu müssen, denen das
Schicksal besser gesinnt war, machte ihn wütend. Das Paar
setzte alles daran, Leben zu schenken. Sie pilgerten zu den
meistverehrten Marabuts der Region. Sie beteten zu den
Heiligen des Tals und brachten dem berüchtigten Scheich
der Weißen Berge Opfergaben. Ito stürzte Arzneien hinunter,
rieb ihren Körper mit Salben ein. Sie opferten Hühner und

legten deren Kadaver unter ihr Ehebett. Amine rief während des Liebesaktes die Macht Gottes und des Propheten an. Und als sie schon nicht mehr daran glaubten und sich mit ernsten Mienen und schweren Herzen durch die Straßen des Dorfes schleppten, bemerkte Ito, dass sie schwanger war.

Während ihrer Schwangerschaft behandelte Amine sie wie eine Königin. Er untersagte ihr, mit den anderen Frauen Holz zu holen. Sie musste sich nicht mehr zur Quelle begeben, um Wasser zu holen, oder sich zum Couscouskochen hinhocken. Sie gebar in einer Nacht, in der das Dorf vom Schein eines roten Vollmonds seltsam erhellt wurde. Das Kind, ein kleines Mädchen so blond wie Septemberweizen, wurde Illy genannt. Amine war wie berauscht von diesem Kind, das so übernatürlich schön war. »Meine Prinzessin«, sagte er wieder und wieder, während er ihr Köpfchen streichelte.

Für die Taufe der Prinzessin wurde die größte Feier veranstaltet, die das Dorf je gesehen hatte. Außergewöhnliches Gebäck wurde aus der Stadt bestellt sowie ein leidenschaftlicher Sänger, der alle Frauen der Ebene in seinen Bann zog. Im Hof von Amine und Ito wurden große Tische eingedeckt. Sobald sie eintraten, beugten sich die Gäste über die Wiege. Die Alten sprachen, einer nach dem anderen, ihre Segenswünsche aus. »Sie wird so schön sein wie ein Frühlingstag«, prophezeite ein angesehener Scheich. »Sie wird die Keuschheit der Königinnen besitzen«, fügte eine Gebildete hinzu. »Sie wird singen können wie eine sommerbringende Nachtigall.« »Sie wird Teppiche von solcher Schönheit weben, dass man bis hierher reisen wird, um ihre Kunstwerke zu bestaunen.« Das Fest war in vollem Gange. Die Frauen tanzten zum Klang der Lauten und Tamburine. Niemand hatte die Ankunft der alten M'Barka bemerkt, die in einer Höhle am Berghang wohnte. Jahrelang war sie von niemandem gesehen worden, und einige waren sogar zu dem Glauben gekommen, es hätte sie nie gegeben.

Als sie den Hof betrat, fegte ein eisiger Wind über die Gäste hinweg. Amine trat auf die Alte zu und bot ihr einen

Sitzplatz an. Man erging sich in Entschuldigungen, und die Frauen des Dorfes reichten ihr Süßigkeiten und Safrantee. Doch die Alte lehnte mit gebrechlichem Kopfschütteln ab. Ito nahm ihr Kind auf den Arm. Sie drückte die Kleine, auf die die Alte zuging, an sich. Mit ihren krummen Fingern strich die Hexe eine blonde Haarsträhne beiseite. »Diese Kleine trägt das Böse in sich. Die Waldgeister und die Dämonen der Ebene sagen mir, dass sie dem Verlangen und der Wollust erliegen wird. Im Alter von sechzehn Jahren, wenn die Lust in ihren Eingeweiden anschwillt, wird sie versuchen in die Stadt zu fliehen, sie wird dem Charme eines Mannes erliegen, der sie ihrer Ehre beraubt. Und daran wird sie sterben.« Ito stieß einen entsetzten Schrei aus. Die Hexe verließ die Feier und gab im Gehen ein grausames, säuerliches Lachen von sich, das bis in die Tiefen des Tals widerhallte.

Ito, die am ganzen Leib zitterte, konnte ihre Tränen nicht zurückhalten. Da legte die schöne Zina, die mit der Kraft der Pflanzen und dem Lauf der Sterne vertraut war, die Arme um sie. »Süße Ito, ich habe nicht die Macht der alten M'Barka, die mit den dunkelsten Geistern der Natur verkehrt. Aber ich kann dir versprechen, dass deine Tochter nicht in der Blüte ihrer Jugend sterben wird. Mit sechzehn wird sie versuchen zu fliehen, aber gute Geister werden sie finden. Jahrzehntelang werden sie ihr Schutz vor Unglück und Versuchung bieten. Sie werden ihren Körper verschleiern und ihr Verlangen besänftigen. Dann wird ein ehrenhafter und schöner Mann sie ins Leben zurückholen.«

Ito und Amine beschützten ihre Tochter mit all ihren Kräften. Als kleines Kind durfte die Prinzessin sich nie unter die anderen Kinder des Dorfes mischen. Sie konnte nicht durch die Ebene rennen, nicht in den aufgewühlten Gewässern des Wadi schwimmen, sich nachts bei Feierlichkeiten nicht hinter den großen Korkeichen verstecken. Die Prinzessin wuchs heran und wurde mit jedem Tag anmutiger und schöner. Sie durfte nicht mit Jungen sprechen, und Amine brachte ihr bei, den Blick zu senken, sollte es doch einer wagen, das Wort an sie zu richten. Sie ging nicht wie die anderen Mädchen des Dorfes zur Schule. Ito und Amine behüteten sie vor jungen Bengeln und davor, was die Bücher ihrer geliebten Tochter in den Kopf setzen könnten. Stattdessen verbrachte die Prinzessin ihre Tage vor einen Webstuhl gekauert im Hinterhof des Hauses. Ihre kleinen Hände, schmal und weiß, glitten mit fast übernatürlicher Leichtigkeit über die Reihen. Es schien sie gar keine Anstrengung zu kosten, und dennoch waren die Teppiche, die ihre Mutter danach im Sonnenlicht auslegte, die schönsten und aufwendigsten, die das Dorf jemals gesehen hatte. Ihre Prinzessin war ein so zartes Mädchen, so lieb und gehorsam, dass es Amine und Ito manchmal leidtat, ihr eine derartige Überwachung aufzuerlegen. Bis zu ihrem sechzehnten Lebensjahr hatte sie sich immer wie ein frommes und vernünftiges Mädchen verhalten und hatte nie die Erziehung der Sippenältesten infrage gestellt.

Eines Tages, während in der Nachbarstadt das große Moussem-Fest vorbereitet wurde, suchten die Frauen des Dorfes die Prinzessin auf. »Wir möchten deine Teppiche verkaufen«, sagten sie. Sie überzeugten sie, dass sie dafür den besten Preis erzielen und viele Bewunderer ins Dorf locken könnten. Voller Neugier fragte die Prinzessin flüsternd, wie die Stadt aussehe. »Es ist ein Gewirr von Häusern und Straßen. Ein Ort, an dem man in hohem Tempo über die Boulevards eilt, wo Frauen vor beleuchteten Schaufenstern innehalten, um Kleider zu bestaunen, von denen du nicht mal zu träumen wagst.« Sie beschrieben ihr das Dröhnen der alten Straßenbahn, die Eleganz der Caféterrassen im Schatten der Flammenbäume, die Fassade des Excelsior Hotels und den Stadtpark, in dem sich die Kinder vergnügten. Zwei Nächte lang plagten die brave Prinzessin feuchte Fieberträume. Sie erwachte mit Augenringen, und ihre Mutter befürchtete, sie werde krank.

Der Tag des Moussem-Fests war gekommen. Die Frauen des Dorfes beluden einen kleinen Wagen mit dem gold-roten

144

Teppich, an dem die Prinzessin wochenlang gewebt hatte und den alle bewunderten. Als sie auf dem großen Platz der weißen Stadt ankamen und den riesigen Wollteppich ausrollten, entdeckten sie zu ihrer großen Verblüffung das zarte junge Mädchen, das sich darin versteckt hatte. Die Prinzessin flehte sie an, nichts zu sagen, und rannte leichtfüßig und ausgelassen durch die Straßen der Stadt. Sie konnte ihre großen blauen Augen kaum von den Schaufenstern lösen. Sie setzte sich auf eine Bank und bestaunte die Tricks eines Amateur-Zauberers, der die Kinder zum Lachen brachte. Erschöpft vom Laufen und der Aufregung, ließ sie sich auf einer Caféterrasse nieder. Ein junger Mann bat sie auf charmante und zynische Art um Erlaubnis, sich zu ihr setzen zu dürfen. Er schlug vor, sie solle eine Spezialität der Stadt probieren, ein kühles und bitteres Getränk, wovon dem jungen Mädchen schwindelig wurde. Der Mann brachte sie zum Lachen und erzählte ihr fabelhafte Geschichten. Die Nacht war hereingebrochen, die Flammenbäume hatten ihre Blüten geschlossen, als der junge Mann sich zu der Prinzessin beugte und ihr einen leidenschaftlichen Kuss auf die Lippen gab. Welch' Überraschung aber, als er feststellte, dass die soeben verführte Beute plötzlich ohnmächtig geworden war!

Die Prinzessin erwachte in einer finsteren Scheune. Ihre bäuerliche Kleidung hatte man ihr weggenommen, und sie trug nun ein langes schwarzes Gewand, das ihr bis über die zierlichen Arme und Knöchel reichte. Das blonde Haar hatte man ihr abgeschnitten. Sie konnte noch so sehr gegen die Wände schlagen, sich die Seele aus dem Leib schreien, ihre Nägel in das Holz krallen, aus diesem Gefängnis fand sie kein Entkommen. Nicht ein Fenster, durch das sie den Horizont hätte bewundern können. Nicht ein menschliches Wesen, mit dem sie ein paar Worte hätte wechseln können. Ohne es zu merken, glitt sie manchmal in einen tiefen Schlaf, und wenn sie wieder erwachte, fand sie neben sich eine Schüssel mit Nahrung und eine große, mit Wasser gefüllte Schale. Die Monate, die Jahre lehrten sie eine seltsame Resignation. Jeglicher Widerstandsgeist in ihr war erloschen. Sie hatte das Gefühl für die Zeit und für sich selbst verloren. Ohne Spiegel konnte sie nicht ahnen, dass die Zeit keinen Einfluss auf sie hatte. Ihre Züge verschwammen nicht, weder die Jahre noch die Einsamkeit ließen ihre Schönheit welken. Man hatte ihr erzählt, dass die entehrten jungen Frauen weit vom Dorf weggebracht wurden. In stille, dunkle Kammern, wo sie ihre Sünden abbüßten. Die Prinzessin dachte, die Scheune sei nun ihre Strafe, und sie fand sich damit ab.

In Wirklichkeit war das ganze Land in diese seltsame Lethargie versunken. Die Frauen versteckten ihre Reize, und die Männer senkten den Blick. Nichts veränderte sich mehr. Das Leben bestand aus einer einzigen Folge von Befehlen und Ritualen, die von einer ergebenen Masse bis ins Unendliche wiederholt wurden. Eine ferne und unsichtbare Macht herrschte über das Volk. Und niemand kam auf den Gedanken, diese infrage zu stellen. Jahre vergingen, vielleicht ein Jahrhundert. Niemand hätte es sagen können. Die Generationen lösten einander nicht ab, die Menschen erneuerten sich nicht. Alles schien stillzustehen.

Eines Tages jedoch setzte sich ein junger Mann in den Kopf, diese alles beherrschende Macht herauszufordern. Dieser Junge, von unerschrockener und idealistischer Natur, kam aus einer fernen Gegend jenseits des Meeres. Ein alter Weiser hatte ihm eines Tages, ganz im Geheimen, die Geschichte dieses durch einen bösen Zauber erstarrten Ortes anvertraut. Nächtelang träumte der Junge davon und entschied, sich auf den Weg zu machen. Zwei Tage lang fuhr er über die stürmische See, bevor er erschöpft in der Ebene ankam. Große Bäume warfen dort ihre unheilvollen Schatten. Er musste gegen Zweige und Disteln ankämpfen, die ihn an den Armen zurückhielten und ihn am Fortkommen hinderten. Er blieb mit seinen Knöcheln an Wurzeln hängen, aber sein reines und tapferes Herz überwand jedes dieser Hindernisse. Wie durch Zauberkraft wurden seine Schritte zu der fensterlosen Scheune geführt, in der die Prinzessin schlief. Ein unbändiges Verlangen ließ ihn die dunklen Holzwände einreißen, und er drang zu dem jungen Mädchen vor. Er hob ihren Schleier an, der ein Gesicht von unendlicher Schönheit verbarg, und zum ersten Mal, seit einem gefühlten Jahrhundert, schaute sie einem Mann ins Gesicht. Hand in Hand, übermütig und verliebt verließen sie die Scheune. Und während sie die große Allee hinunterliefen, erstrahlte die Stadt in einem neuen Licht. Die Männer blickten auf. Die Frauen legten die Schleier ab. Eine riesige, immer dichter werdende Menge folgte ihnen. Sie stimmten Lobgesänge und Gedichte auf die Freiheit und die Lebensfreude an. Der große Schlaf war überstanden.

Ito und Amine, die nicht gealtert waren, begrüßten ihre Tochter unter Freudenausbrüchen. Die Prinzessin und ihr Prinz namens Amir wurden zu Leitbildern, die ein ganzes Volk verehrte und umjubelte. Ihre Hochzeit war ein großes Ereignis in der Region, und sie wurden von Geschenken und guten Wünschen überhäuft. Schon bald gebar die Prinzessin ein Mädchen, das sie Aurore nannten, um den Beginn dieser neuen Ära zu feiern. Und einen Sohn, Jour, der von strahlender Schönheit war.

Amir jedoch blieb allen ein Rätsel. Das Volk der Ebene wurde nicht müde, ihn zu feiern und ihm zu danken. Aber wenn sie ihn nach seiner Geburt oder nach dem Heimatort seiner Eltern fragten, blieb der Prinz stumm. Trotz der Schwangerschaften seiner geliebten Frau kam es vor, dass er wochenlang verschwand. Er überquerte das Meer, um in seine Heimat zurückzukehren. Sein Vater, ein unheimlich reicher und mächtiger Mann, hatte keine Zeit, sich um die Abwesenheiten seines Sohnes zu sorgen. Aber seine Mutter, die Großes mit ihm vorhatte, glaubte ihm die Lügen nicht, die er ihr auftischte, um seine Abwesenheit zu rechtfertigen.

Die kaltherzige und kompromisslose Frau verabscheute das Reisen und die Vermischung von Rassen. Diese grausame Kreatur, ein wahres Teufelsweib, pries in ihrem Land die Reinheit des Ehebunds, und sie fürchtete nichts so sehr, wie die Macht über ihren Sohn zu verlieren.

Eines Nachts, als der junge Mann heimlich zu seiner Frau zurückkehrte, ließ das Teufelsweib ihn von einem ihrer Hausdiener verfolgen. Dieser unterrichtete sie davon, dass sich ihr Sohn dem Volk der Ebene angeschlossen und sogar Kinder mit einem dieser Bauerntrampel bekommen habe. Die böse Mutter schluckte ihren Zorn hinunter und ließ sich nichts anmerken bis zu dem Tag, an dem ihr Mann bei einem schrecklichen Jagdunfall ums Leben kam. Sie bestellte sodann ihren Sohn an sein Sterbebett und forderte ihn mit klagender und scheinheiliger Stimme dazu auf, ihr seine Frau und Kinder vorzustellen. »Sie allein werden mich über diese Tage der Trauer und des Unglücks hinwegtrösten können«, schwor sie ihm. Also wurde nach der Prinzessin und Aurore und Jour geschickt. Sie sahen zum ersten Mal das Meer und gingen zugleich freudig und verängstigt an Bord eines Schiffes, dessen Segel sich im Wind blähten. Sie wurden in einem prunkvollen Haus einquartiert, von dem aus sie zu Fuß zum Schloss des Teufelsweibs gelangen konnten.

Hier lebten sie friedlich bis zu dem Tag, an dem der Prinz für mehrere Monate sein Heimatland verlassen musste. Die Völker der Ebene hatten ihn gebeten, sich ihrem Kampf anzuschließen, und er konnte sich nicht dazu durchringen, sie im Stich zu lassen. In seiner Abwesenheit nährte das Teufelsweib einen unbändigen Hass gegen die Prinzessin, diese Fremde, diese Ketzerin. Sie wollte ihre Enkelkinder um jeden Preis dem Einfluss ihrer Mutter entziehen. Wollte sie in ihren Schoß holen und ihnen die Tugenden vermitteln, die innerhalb ihrer reinen Rasse von Generation zu Generation weitergegeben wurden. Eines Nachts schickte sie ihren Hausdiener los, um heimlich die kleine Aurore zu entführen.

Sie sperrte die Kleine in einem Turm des Schlosses ein und verlangte alsbald, dass man ihr den schönen Jour brachte, um seine Erziehung zu vollenden und ihn den Armen seiner Mutter zu entreißen.

Der Hausdiener jedoch, ein gutherziger Mann, war vom Unglück der Mutter gerührt. Diese schrie jede Nacht vor Kummer über den Verlust ihrer Kinder. Sie wartete nur noch auf den Tod, unfähig, ihrem Leben ohne ihre beiden Kleinen noch einen Sinn zu geben. Angesichts des Leids dieser jungen, so schönen und reinen Frau beichtete der Hausdiener ihr sein Vergehen. Er schilderte ihr, dass die Königin die Kinder in einem Turm des Schlosses gefangen hielt. Die Unglücklichen ahnten nicht, dass das Teufelsweib, dem Charakter ihres Hausdieners und ihrer betörenden Schwiegertochter misstrauend, sie belauschte. Sie ließ daraufhin einen großen Scheiterhaufen errichten, auf dem sie alle Habe der Prinzessin verbrannte. Ihre Bücher, von Autoren aus anderen Ländern, ihre libertären Gedichte, ihre zügellosen Lieder, ihre Spitzenkleider und sogar die Fässer des bitteren Getränks, für das die Prinzessin so schwärmte. Sie wollte gerade ihre Enkelkinder und Schwiegertochter in die Flammen stoßen, als der Prinz eintraf. Dass er so früh zurückkam, war nicht geplant, aber er hatte Sehnsucht nach seinen Kindern und Fronturlaub bekommen. Er verlangte, die Gründe für diesen Scheiterhaufen und diese Raserei zu erfahren. Als er von den Plänen des Teufelsweibs erfuhr, befahl er seinen Gehilfen, ohne mit der Wimper zu zucken, sie ins Feuer zu werfen. Er ließ sich von seiner Ehefrau und seinen schönen Kindern über den Verlust seiner Mutter hinwegtrösten.

Auf der anderen Seite des Meeres brach ein neues Zeitalter an.

übersetzt von Paula Rauhut

Noémi Schaub

DER BAU

Ich habe meinen Namen verloren.

Man sagt, so etwas beginnt oft mit einem Schmerz. In meinem Fall stimmt das fast. Sagen wir, es ist ein kleiner Schmerz. Einer, den man kaum bemerkt. Oder gerade mal kurz vor dem Einschlafen. Oder in einem Zug. Oder bei einem Geruch. Einem Geruch, der zu einer Erinnerung führt, die sich davonmacht, da kann man ihr noch so sehr hinterherrennen, sie entkommt doch. Und so ein kleiner notwendiger Schmerz steuert vielleicht heimlich unser Tun. Ich weiß es nicht, ich stelle es mir vor. Ich stelle mir vor, dass es so ist. Ich bin auf der Suche.

Aber ich gebe zu, ich könnte mich anschaulicher ausdrücken.

Ich muss einen Ausgangspunkt wählen. Eine Stelle, von der man ausgeht. Meine Geburt? Zu weit weg. Ich habe viel darüber nachgedacht. Daher bin ich mir sicher: Der Ausgangspunkt ist Bastien. Bastien hatte große Hände, aber dieses Detail ist hier nicht so wichtig. Bastien ist der Ausgangspunkt, denn er hat meine Mutter als Erster *verrückt* genannt. Davon ausgehend hat sich, glaube ich, dieser kleine Schmerz eingestellt. Und Bastien habe ich nie wiedergesehen. Aber ich sehe immer noch das Bild von seinen kleinen panischen Augen vor mir und von seinen großen Händen, auch wenn das weniger wichtig ist. Das Wort *verrückt* ließ in mir ziemlich unstimmige Bilder aufblitzen. Eine fast hexenhafte Nachbarin, eine paranoide Großtante, eine Freundin Papas und des weißen Pulvers, eine Mitschülerin mit geflochtenen Zöpfen. Und Lachen, und Angst. Ich konnte nicht sagen, ob das gut oder schlecht war: *verrückt* zu sein.

Um mich zu vergewissern, fragte ich meine Mutter, ob sie verrückt sei. Sie musste das am besten wissen, dachte ich. Ich sagte: »Mama, bist du verrückt?« Sie lachte, küsste mich auf die Stirn, nahm mich an der Hand und stellte mir Georges vor. Georges war mein neuer Vater. Er ist wohl der zweite Ausgangspunkt. Es wird mehrere geben, Sie werden sehen.

Georges war Nase. Eine kleine Nase allerdings. Nein, es kommt nicht auf die Größe an. Georges war Nase für einen Duschgelhersteller. Eine kleine Nase also. Ich weiß eigentlich nicht, warum er sich entschlossen hatte, mit meiner Mutter zusammen zu sein. Wir waren nicht reich, sie war eher so mittelhübsch und, wie Bastien gesagt hatte, verrückt. Wenn ich daran zurückdenke, vermittelte sie diesen Eindruck, weil sie das große Talent hatte, übergangslos vom Lachen ins Weinen zu wechseln. Eines Tages hatte meine Lehrerin sie zu sich bestellt, um ihr zu erklären, dass ich große Schwierigkeiten hatte, mich zu konzentrieren. Erst lachte meine Mutter und stimmte das übliche »Ach, Kinder, wissen Sie, alle so verträumt« an. Auch die Lehrerin begann ein wenig zu lachen. Da sprang meine Mutter schreiend auf, ergriff einen Stiftehalter und warf ihn der Lehrerin ins Gesicht. Sie brüllte so laut, dass ich mir die Ohren zuhielt. Sie packte meine Lehrerin am Blusenkragen und schrie sie an: Wenn sie sich noch einmal anmaße, schlecht von mir zu sprechen, würde sie sie töten. Das Funkeln in ihren Augen ließ daran keinen Zweifel.

So war meine Mutter: immer bereit, durch die kleinste Lücke zu schlüpfen, die sich in ihrem Verstand auftat. Und wenn ich sage, Georges ist der zweite Ausgangspunkt, will ich damit sagen, dass er meine Mutter mit der Welt der Duschgels vertraut gemacht hat.

Georges war ein Enthusiast, das muss man ihm zumindest lassen. Er erklärte meiner Mutter, das Entwerfen eines Duschgels sei von äußerster Komplexität. Die Harmonie der Düfte eine feinsinnige Kunst. Meine Mutter hörte zu und stieß dabei Aaaahs und Oooohs aus. Sie übertrieb nicht einmal, und Georges' Brust schwoll an vor Stolz. Er sprach von der Welt der Duschgels wie von einem entlegenen, an althergebrachten Traditionen festhaltenden Volksstamm. Meine Mutter öffnete ihren Mund und ihre Augen weit. Das Duschgel war der faszinierendste Gegenstand der Welt geworden, Georges ein großer Gelehrter. Für ihn war es ein erotisches Spiel, für sie eine Schatzsuche. »Und wie viele gibt es?«, fragte sie. »Wovon?«, sagte er. »Duschgels«, antwortete sie. Er lächelte, beugte sich zu ihr hinüber, hob ihre Haare sanft an und flüsterte in ihren Nacken: »Unendlich viele.« Und ich sah, wie der Blick meiner Mutter aufleuchtete, in ihren Augen ebenso viel Wunder wie Unheil.

Dritter Ausgangspunkt: Georges verlässt Mama. Dritter Ausgangspunkt. Wenn ich einen Roman daraus machen müsste, würde ich jetzt schreiben: *Der Anfang vom Ende*. Erstens, weil das ein effektvoller Titel ist, zweitens, weil es stimmt.

Georges verlässt Mama, und Mama versinkt.

Mama sprach wochenlang nicht mehr. Das machte mich traurig. Ich dachte, sie wäre böse auf mich. Deshalb weinte ich anfangs vor Verzweiflung. Schließlich vor Wut.

Sie verließ das Haus nicht mehr. Ich hatte Angst, nach der Schule heimzukommen, weil ich wusste, dass sie meine Rückkehr nicht erwartete. Sie beweinte nur ihr eigenes Schicksal. Sie beachtete nicht, wie sehr ich mich bemühte, sie zu trösten. Sie konnte nur noch in tiefer Verzweiflung leben. Obwohl ich erst zwölf war, hatte ich die Selbstzufriedenheit in ihrem Leiden erkannt. Sie regte mich auf. Aber noch mehr fürchtete ich, sie tot vorzufinden, im Wohnzimmer erhängt. Dieses Bild verfolgte mich. Und wurde immer wahrer. Von Woche zu Woche wurde diese Angst eine stille Hoffnung.

Da die Schränke zu Hause leer waren, stahl ich aus den Taschen der anderen Schüler. Eines Tages bestellte die Schulleitung meine Mutter zu sich. Und so verließ sie zum ersten Mal seit mehr als zwei Monaten das Haus. Wie ich sagte, besaß sie das große Talent, mühelos von einem Zustand in den nächsten zu wechseln. So trug sie während des Gesprächs das heitere Lächeln der aufopfernden Mutter zur Schau. Sie streichelte meine Wange, warf mir zärtliche Blicke zu, fand freundliche Entschuldigungen für mich, flirtete mit dem Direktor.

Wir gingen in ein Geschäft.

Meine Mutter füllte den Einkaufswagen.

Der Einkaufswagen quoll über.

Ich erinnere mich, wie fasziniert ich beim Anblick von so viel Nahrung war.

Zufällig kamen wir an dem Regal mit den Duschgels vorbei. Ich sah, wie meine Mutter sich auf die Lippe biss. Da stürzte mir die Zeit in die Socken. Ich hielt den Atem an. Ich erwartete, sie würde das Regal umstoßen oder alle Flaschen öffnen. Oder schluchzend zusammenbrechen.

Aber sie drehte den Kopf weg.

Sie ging geradeaus weiter.

Und ich verstand gar nichts mehr.

Jede Woche Einkäufe. Und jede Woche kaufte meine Mutter mir ein Spielzeug, eine Puppe, Schminke, Kleidung. Und jede Woche ging sie geradewegs an dem Duschgelregal vorbei. Und jede Woche hatte ich weniger Angst.

Und jede Woche verstrickte sie sich tiefer in die Rolle der beispielhaften Mutter.

Also machte ich mir keine Sorgen, als sie eines Tages ein Duschgel in die Hand nahm.

Sie hielt es lange, drehte es, zur einen, dann zur anderen Seite. Man hätte meinen können, sie suchte da etwas. Und das war vielleicht auch so. Ein Foto von Georges. Ich weiß es nicht. Sie kaufte es, ich bemerkte es kaum. Ich bemerkte auch nicht, dass sie es nicht benutzte, ich habe es nicht wieder gesehen.

Die Zeit verging, nichts änderte sich. Sie war nur ein wenig nervöser. Manchmal hängte sie mich im Supermarkt ab. Und wenn ich sie dann wiederfand, tat sie so, als wäre nichts gewesen. Sie lächelte mich an. Wir gingen zur Kasse. Ich merkte nichts.

Einmal, nachdem ich die Einkäufe in die Schränke geräumt hatte, überraschte ich sie. Auf einem Stuhl, unmerklich schwankend, murmelnd, eine Art Gebet zischend, den Blick auf die Tür geheftet. Es war die Tür zum geheimen Zimmer, zum »verbotenen Zimmer«, so scherzte sie sonst, um meine Neugier zu ersticken. Sie wiederholte: »Dreihundertfünfzig, dreihundertfünfzig, dreihundertfünfzig, dreihundertfünfzig ...«

Dreihundertfünfzig was? Meine Hand auf ihrer Schulter, meine Augen, gewappnet, auf die Tür gerichtet. Keine Antwort. Meine Augen auf ihrem Schädel. Dreihundertfünfzig was? Die Geduld schwindet, das Entsetzen dringt in die Luftröhre. Dreihundertfünfzig was? Ein Gebrüll erhebt sich im Haus. Sie reckt das Kinn, der Schlüssel steckt in der Tür.

Ich öffnete sie.

Und ich sah den Regenbogen.

Duschgelflaschen. Aufgetürmte Duschgelflaschen in dem kleinen Zimmer. Hunderte von Farbflecken, die mich plötzlich den Sinn des Worts *verrückt* begreifen ließen. Dieser furchteinflößende Berg schien lebendig zu sein. Die Mauer aus Duschgels wurde größer, so sehr, so sehr, dass ich die Tür überstürzt wieder schloss, aus Angst, erdrückt zu werden.

Sie stand sofort auf, ein Lächeln auf den Lippen, und ich war so sauer. Sauer, dass ich nichts gesehen hatte, sauer, dass Bastien am Ende doch recht hatte, sauer, dass meine Mutter verrückt war, sauer, dass sie so tat, als wäre sie es nicht. Ich sage sauer, eigentlich war ich eher ratlos. Ich schrie, ich schrie sie an, sie sei verrückt. Sie brach in Gelächter aus. Sie sagte: »Du bist sehr witzig, mein Schatz.« Sie lachte. Sie sagte: »Ich lege nur eine Sammlung an, man ist nicht verrückt, wenn man sammelt, oder? Ansonsten gäbe es wirklich viele Verrückte auf der Welt, meinst du nicht? Du erinnerst dich, dass Georges mir gesagt hatte, es gebe unendlich viele Sorten Duschgel. Ich werde ihm also einfach das Gegenteil beweisen. Ich werde alle möglichen Sorten Duschgel sammeln, alle Düfte. Und ich werde sie ihm zeigen, ich werde ihm zeigen, dass er unrecht hat, ich werde ihm zeigen, dass er mich angelogen hat, weil ich nämlich, weil ich sie alle besitzen werde. Er wird sehen, dass es nicht unendlich viele gibt. Er wird sehen, dass ich recht habe.«

Heute weiß ich, dass sie wirklich dachte, was sie sagte. Verrückte haben immer einen Grund dafür, verrückt zu sein. An diesem Tag glaubte ich ihr, einfach weil ich ihr glauben wollte. Ich war vierzehn, ich brauchte Beruhigung. Die Verrücktheit der eigenen Mutter gehört nicht zu den Dingen, die man sich eingestehen kann. Also fühlte ich mich einen Moment lang schuldig und vergaß es dann.

Ich wusste nun über ihr Geheimnis Bescheid, also hatte meine Mutter entschieden, mir alles zu sagen. Sobald sie einen neuen Duft fand, zeigte sie ihn mir. Sie war jedes Mal stolz darüber, sie konnte stundenlang davon sprechen. Sie wollte, dass ich ihre Freude teilte, aber das ging über meine Kräfte. Anfangs ähnelte es wirklich einer Sammlung. Es gab keine zwei identischen Exemplare, und meine Mutter räumte sie sorgfältig ein. Das ging lange so. Und allmählich genügte das geheime Zimmer nicht mehr, also begann sie, den Keller zu füllen. Mit jeder neuen Flasche stieg sie wieder in die finstere Höhle. Mit jeder neuen Flasche zitterte sie etwas stärker vor Freude.

Meine Mutter war dreckig. Sie stank. Nur ihre Haare wusch sie weiterhin gründlich. Aber ihr Körper erregte Ekel. Sie hatte aufgehört, ihn zu waschen.

In dem Jahr, als ich achtzehn wurde, gab es eine Klassenfahrt. Der Ausflug dauerte eine knappe Woche. Ich hatte vergessen, dass meine Mutter verrückt war. Es gab da diese Geschichte mit den Duschgels, aber ich hatte das irgendwann nicht mehr beachtet. Ich hatte es vergessen. Als ich zurückkam, war ich so glücklich, meiner Mutter normale und interessante Geschichten erzählen zu können, dass ich durch das ganze Haus lief und sie suchte. Nichts.

Ich blieb am Eingang stehen. Ich verschnaufte. Und ich roch. Das Entsetzen in dieser schweren, mächtigen, abstoßenden Luft. Der Schweiß, der Schwefel, die Fäulnis, die Beklemmung. Ich drückte mir den Unterarm gegen die Nase.

Eine gefährliche Ahnung schoss mir in die Adern, lähmte mich, bis ich mich traute. Ich traute mich anzuschauen, was ich sah. Die Spüle war mit Duschgelflaschen gefüllt. Zitternd öffnete ich den Schrank direkt vor mir, er war voll mit Duschgel. Ich biss mir auf die Zunge. Ich hielt meine Tränen bis zum Wohnzimmer zurück. Ich ließ die Sofakissen in die Luft fliegen, unter ihnen verbargen sich Flaschen. Ich brach in Schluchzen aus. Oben, im Schlafzimmer meiner Mutter, Hunderte Flaschen desselben Duschgels. Georges' Duft. Ich öffnete jede Tür. Jedes Zimmer war zum Bersten vollgestopft. Das nächste noch voller. Es war eine morbide Schnitzeljagd, die mich zu meiner Mutter führen musste.

Ich fand sie. Sie war im Keller. Inmitten von Duschgels, im Halbschatten. Ich sah sie nicht gleich. Sie presste Flaschen in ihren Armen fest an sich. Sie zitterte. Ich auch, als ich mich näherte, fassungslos. Ich hatte keine Stimme mehr, ich dachte nicht mehr nach. Als ich ihr ziemlich nah war, konnte ich hören, was sie murmelte. »Ich habe sie, ich habe sie, alle, ich habe sie alle, ich habe sie, alle, ich habe sie alle, ich habe sie, alle, ich habe sie alle, ich habe sie, alle, ich habe sie alle, ich habe sie, alle, ich habe sie alle, ich habe sie, alle, ich habe sie alle, ich habe sie, alle, ich habe sie alle, ich habe sie, alle, ich habe sie alle, ich habe sie, alle, ich habe sie alle, ich habe sie, alle, ich habe sie alle, ich habe sie, alle, ich habe sie alle, ich habe sie, alle, ich habe sie alle, ich habe sie, alle, ich habe sie alle, ich habe sie, alle, ich habe sie alle, ich habe sie, alle, ich habe sie alle, ich habe sie, alle, ich habe sie alle, ich habe sie, alle, ich habe sie alle, ich habe sie, alle, ich habe sie alle, ich habe sie, alle, ich habe sie alle.«

Ich sagte nichts. Ich dachte nichts. Mein Verstand hatte sich an einen unbekannten Ort geflüchtet. Ich dachte an nichts. Ich hockte mich vor sie hin, ich streichelte ihre seidigen Haare. Sie hauchte ihren widerlichen Atem in mein Gesicht. Ich lächelte sie an. Sie sah mich nicht. Ich atmete langsam ein. Ich flüsterte: »Georges ist oben.« Sie sprang auf. Und ich sah, wie sie zur Treppe eilte.

Ich ging in den Garten hinaus. Ich wartete ruhig, bis ich sah, wie sie sich aus einem Fenster herausquetschte. Seiltänzerin auf dem Dach. Es war Nacht. Sie stammelte »Georges« und »Komm« und »Erbarmen« und »Du wirst sehen« und »Ich bin da«. Und: »Ich habe Angst. Komm mich holen.« Sie schluchzte und strauchelte noch mehr. Ich sah, wie sie irrte und auf die Leere zusteuerte.

Und dann fiel sie.

Ich lief zu ihr, um sicherzugehen, dass sie wirklich tot war. Und ich ging meinen Fotoapparat holen. Ich fotografierte ihre Leiche. Mit den riesengroßen Füßen im Vordergrund und ihrem Kopf in der Ferne, wie losgelöst von ihrem Oberkörper. Ein groteskes Foto.

Ich ging Duschgelflaschen holen, so viele wie möglich, und überhäufte damit die Leiche meiner Mutter. Ich machte ein zweites Foto. Meine Mutter von ihrer Liebe erdrückt. Ein ergreifendes Bild.

Ich legte die Speicherkarte des Apparats in einen Umschlag, ich fügte einen Zettel hinzu, auf den ich schrieb: »Sie hat sie alle.« Ich schickte all das an Georges, an die Adresse, die er mir heimlich, »für alle Fälle«, gegeben hatte.

Dann …

Ließ ich meinen Körper handeln. Mein Körper nahm den Autoschlüssel, mein Körper häufte die Flaschen, so viele Flaschen wie möglich, in den Kofferraum, mein Körper trug meine Mutter ins Auto, mein Körper fuhr das Auto, dann suchte mein Körper diese Badewannen, die man auf den Feldern findet und die zum Tränken der Kühe da sind, mein Körper fand eine mitten im Nirgendwo, mein Körper befüllte sie mit dem Inhalt der Duschgelflaschen. Mein Körper tauchte meine Mutter hinein. Er tränkte sie im vielfarbigen Bad, im öligen Regenbogenbad, das alle möglichen Aromen vereinte. Das Bad ihrer Verrücktheit. Mein Körper ging nach Hause und wusch sich.

Ich weiß, dass ich mich hinterher hässlich fühlte. Wirklich hässlich. Vor dem Spiegel zog ich meine Haut in alle Richtungen, um mein früheres Gesicht wiederzufinden. Es war verschwunden. Unerklärlich. Die Ruhe, die ich bewahrt hatte, verflüchtigte sich plötzlich. Es war, als wäre alles dramatisch verkettet. Mama töten, mich töten. Ich weinte. Ich lasse nicht zu, dass Sie nachher sagen, es war wegen des Mordes. Ich weinte vor Wut. Weil Mama es nicht sein lassen konnte, den ganzen Raum einzunehmen. Ich zerschlug den Spiegel.

Mein erster Reflex war die Flucht. Ich floh. Ich kann es nicht vernünftig erklären. Ich bin blindlings los, nicht einmal instinktgesteuert, ich folgte einer tauben Kraft. Taub gegenüber meiner Angst. Ich irrte länger als nötig. Und ich fand einen kleinen Bretterbau. Tief im Innern eines dichten, finsteren und beruhigenden Waldes. Ich entschied zu bleiben. Ein

Zeichen würde kommen, und ich müsste aufbrechen. Aber erst: bleiben. Warten. Es ist schwer zu verstehen, dass ich mich nicht schuldig fühlte. Ich wartete auf irgendein Zeichen, ich wollte mich von der Welt entfernen. Sie vergessen.

Ich flüchtete in eine Welt, in der sich alles streckte, dehnte. Die Zeit. Meine Nächte, von schrägen Träumen bewohnt, in denen sich das Absurde zum Gruseligen wendete, schienen nicht enden zu wollen. Ich durchlebte wiederholt und pausenlos rätselhafte Albträume, deren Schlüssel niemals preisgegeben wurde. Und der Tag, ein Abgrund von Langeweile, in den spiralförmige Gedanken stürzten, wurzellose Ideen. Der Tag löschte niemals sein Licht. Die Nacht zog sich in die Länge.

Mein Körper machte sich schmutzig. Der Schmutz, der Gestank, alles versuchte, meine neue Hässlichkeit zu verbergen. Es gab keinen Spiegel. Ich konnte allmählich, ohne mir dessen bewusst zu werden, mein abstoßendes Aussehen vergessen. Und meinen Körper. Nur noch herumgeisternder Verstand sein.

Die Zeit ist seltsam geworden. Sie ist vom Chronologischen ins Chaotische übergegangen. Erst meine Ideen. Meine Ideen verloren sich, kamen dann wieder. Was ich wusste, verschwand, was ich nicht wusste, war blendend. Ich vergaß viele Dinge, erinnerte mich aber an einen Fleck auf meinem Taufkleid. Ich dachte lange daran, bevor mir klar wurde, dass es unnütz war. Dann die Tage. Die Tage folgten nicht mehr aufeinander. Die Tage passten sich ineinander ein. Sie prallten zusammen, zerschellten. Die Zeit nahm gruselige Formen an. Sie hörte auf, flüssig zu sein, wurde gewaltsam.

Ich erinnere mich an eine Nacht. Im saftigen und kalten Gras einer Lichtung. Ich betrachtete den Himmel und sagte mir: Die Bewegung der Sterne ist so unendlich weit, und ich blinzele nur, das hat mich schaudern lassen.

Ich habe meinen Namen verloren. Wer war ich? Es war mir unmöglich geworden zu antworten, so verschwommen war meine Identität. Das Einzige, was ich für immer kannte, war die Natur. Die Natur ist das Sicherste auf der Welt. Da ich nicht wusste, wer ich war, nicht wusste, wohin ich ging, konnte ich lange weinen, fortgetragen auf dem Weg, den die Leberblümchen unter meinem Schritt freigaben. Von überall beobachteten sie mich mit ihren violetten Augen. Ich erahnte in ihnen Wohlwollen, und das rief in mir ein unbeschreibliches Vertrauen hervor. Selbst heute finde ich keine Worte. So wohlgesinnt war mir die Natur, dass mein Verstand, als ich umherschweifte, in ihr zu verrinnen schien. Vor einem Krokus, einer Primel, einem Pilz, einem Stück Moos schwankte mein Verstand. Es ist ein seltsames Gefühl, wenn der Verstand schwankt.

Und dann, eines Tages, ein Vogelgesang. Ein Kuckuck, denke ich. Ich sah meine tote Mutter. In der Badewanne. Mitten auf dem Feld. Ganz vorne in meinem Gedächtnis. Da rannte ich los. Ich durchquerte den Wald, und ich fand einen Fluss. Ich tauchte meinen Körper, mein Gesicht hinein. Ich erinnere mich an das eisige Wasser, das meine Adern zusammenpresste. An diesen Körper, der explodieren wollte.

Und dann gab es da Fritz. Fritz ist auch ein Ausgangspunkt. Aber etwas anders. Besser, würde ich sagen. Er war es, der mich aus dem Fluss zog. Er legte seinen dicken Mantel über meine Schultern. Er sagte nichts. Ich auch nicht. Er nahm mich mit zu sich. Ich hatte keine Angst. Er trocknete mir die Haare, ich hätte es nicht gekonnt, er machte mir Tee. Als ich mich wieder zu erholen schien, fragte er: »Was ist passiert?« Ich antwortete: »Ich habe Mama getötet.« Da liebte ich ihn. Er sagte nicht so was wie: »Oh, mein Gott!«, oder: »Das ist ja schrecklich!«, oder: »Wo ist sie?« Er fragte nur: »Und wann war das?« Ich wusste es nicht. »Ich weiß es nicht.« Er schwieg, und ich dachte nach. Wann war das? Es stimmt, dass ich es nicht wusste, ich wusste nicht einmal, wie viel Zeit ich im Wald verbracht hatte. Es war vielleicht gestern, vielleicht auch vor zehn Jahren. Ich sagte: »Ich weiß es nicht mehr.« Da konnte er ein »Oh, mein Gott!« nicht mehr unterdrücken. Aber ich verzeihe ihm, denn niemand ist perfekt. Und außerdem hatte er hübsche Locken im Nacken. Dann sagte er, ich müsse selbst entscheiden, was ich tun wolle. Und wir haben nicht mehr über die Geschichte gesprochen. Ich blieb bei ihm. Er brachte mir das Kochen bei und erzählte mir Witze. Ich mochte das.

Obwohl ich mich daran erinnerte, meine Mutter getötet zu haben, muss ich zugeben, dass die Ursachen dieser Tat sich zu diesem Zeitpunkt sozusagen zurückgezogen hatten. Sie waren sehr weit weg von mir. Und selbst der Mord war mir nicht präsent. Ich wusste, dass ich ihn begangen hatte, aber mir war, als wäre es in einem anderen Leben gewesen. Vielleicht in einer anderen Welt. In einem anderen Ich.

Ich mochte Fritz sehr. Und manchmal wollte ich mich ganz fest an ihn anlehnen und ihm sagen:

Ich fröstle, Fritz
Wenn du mich streifst
Diese Schauer sind süße Früchte
Ich verteidige sie mit Rabatz
Gegen alle Fridas, die gewitzt nach dir gieren
Wenn's sein muss, kriegen sie auf den Latz
Dann mach' ich sie zu Frikassee

Du bist das Gefrierfach meines frustrierten Verlangens, Fritz
Du befriedest meine Furcht
Und ich will dich frittieren, Fritz
Und naschen an deinem Hosenschlitz, Fritz
Mich friert nicht mehr
Ich glaube, ich liebe dich
Und gehst du mit Frida, Françoise oder einer andern Frisierten, Fritz
Lass' ich mir die Fransen wachsen,
Um nicht zu sehen, wie ihr frickelt,
Und das ist alles.

Aber als ich mich an ihn anlehnte, stolperten meine Worte über die Zunge. Also sagte ich bloß, ich wollte noch einen Witz hören. Er erzählte einen, wir lachten. Und das war's.

Ich denke, wenn Fritz mich geliebt hätte, wäre ich mein ganzes Leben lang bei ihm geblieben. In seinem Haus auf dem Land, und wir hätten uns Witze erzählt bis zum Tod. Aber entweder stolperten seine Worte auch, oder ich war ihm gleichgültig, er schien mein Frösteln nicht zu bemerken. Statt ihn auf den Hals zu küssen, verbrachte ich meine Tage also im Gras liegend, wo mein Verstand hüpfte. Hüpfte von Bild zu Bild, alles fremd. Wie ein Gemälde, das sich Strich für Strich abzeichnet, richtete ich mein Leben im blauen Sommerhimmel wieder her. Manchmal schlief ich ein, dann wachte ich auf, ohne es zu bemerken. Tierchen kletterten auf mein Gesicht, ich ließ es zu. Ich verstand.

Ich verstand, dass ich sehr wohl meine Mutter getötet hatte. Ich verstand, warum. Ich verstand, dass die Person, die ich früher gewesen war, nicht mehr existierte. Ich verstand, dass Fritz mich nicht liebte. Ich verstand, dass ich mein Leben nicht auf dieser Wiese verbringen konnte.

Ich verstand, dass ich keine Angst hatte.

Ich habe meinen Namen wiedergefunden.

Ich bat Fritz, mir ein schönes Kleid zu kaufen. Ich zog es an, ich bereitete die Mahlzeit zu. Wir aßen fast schweigend. Am Ende stand ich auf und nahm ihn in den Arm. Lange.

Und jetzt bin ich hier.

Um ein Verbrechen zu gestehen, das Sie hoffentlich nachvollziehen können. Mein einziges Motiv war meine Mutter. Mein einziges Motiv war ich. Es ging nicht um Geld, um Eifersucht oder sonst was.

Und jetzt bin ich hier, gestehe ein Verbrechen, das ich nicht bereue. Mich beschäftigt eine einzige Frage: Wird Fritz zu den Besuchszeiten kommen und seine Witze erzählen? Für mich. Ich denke die ganze Zeit daran.

An den Mord? Nein. Daran denke ich nicht mehr. Er ist aufgelöst. Jede Figur ist an ihrem Platz. Mama in der Badewanne, Fritz auf dem Land. Ich im Gefängnis.

übersetzt von André Hansen

Louis Carmain
BREZEL

\\\\\

Rita hatte die Wohnung in Pauls Abwesenheit verlassen. Allerdings in Begleitung all der Gegenstände, aus denen mehr als drei Jahre lang ihre mexikanische Hacienda-Einrichtung bestanden hatte: Talavera-Teller und Terrakotta-Kruzifix, Eidechsenfigur der Huicholen, Luchadormaske. Ein paar wertvollere Stücke waren ebenfalls verschwunden. Die original zapatistische Sturmmaske. Eine Miniaturnachbildung des Steins der Sonne. Dekorationsgegenstände, die Rita im Laufe der gemeinsamen jährlichen Reisen nach Puerto Vallarta zusammengestellt hatte – es war selbstverständlich, dass sie alles behielt.

Diese einzigartige Sammlung hätte ohne Rita sowieso keine Daseinsberechtigung gehabt. Denn ihre feinsinnige Anordnung war Pauls Verständnis mehr als sechs Jahre lang ein Rätsel geblieben; er hatte sich allein um die Kosten gekümmert. Nur Rita hielt manchmal inne, um das Gefüge zu verändern oder die Harmonie der Ausstellungsstücke zu genießen. Sie musterte die Wände lange, als handele es sich um ein Geduldsspiel, berührte dann flüchtig eine Totenmaske der Maya, eine Fotografie von María Félix, um schließlich eine Tonfigur gegen eine Chromografie von Pancho Villa auszutauschen, die bisher vor ihrer Umordnung sicher gewesen waren. Auf diese Art spielte Rita täglich mit den Wänden. Während beispielsweise eine Spaghettisoße köchelte. Während Paul ein Buch las.

Diese Wände betrachtete Paul heute zum ersten Mal. Sie schienen nun schrecklich hoch und breit. Und glatt. Fast verletzlich in ihrer erneuten Entblößung. Er dachte an Grabsteine, die durch den Schliff der Zeit wieder anonym geworden waren. Er wagte nicht, sie zu berühren; er stellte sich in die Mitte jedes Raumes und drehte sich einmal um sich selbst – die Wohnung wirkte sehr groß. Man sah ihre schonungslos spitzen Winkel, die stumme Decke, den kalten Fußboden, die nackten Fenster.

Was das gemütliche Innere einer Piñata gewesen war, die raschelnden Unterröcke von Catherine Zeta-Jones' Kleid in *Zorro*, war zu einem deutschen Bunker geworden. Die Wirklichkeit ohne Rita.

Rita hatte nur den Futon dagelassen, auf dessen Matratze eine Nachricht gepinnt war, dass sie abhauen werde. Dass sie abhaue. Dem durchgestrichenen Futur folgte das Präsens: Die Verschwundene hatte es anscheinend nicht für nötig gehalten, ihren Abschied auf einem weiteren Zettel von Neuem zu beginnen. Nachdem er es gelesen hatte, zerknüllte Paul das Blatt und beschloss, das Land zu verlassen. Diese Wohnung hatte ohnehin zu viele Verwandlungen durchgemacht. Paul hatte sie, je nach Geschmack seiner aufeinanderfolgenden Partnerinnen, mit zahlreichen Gegenständen verschiedenster Art angefüllt, immer mit demselben Ergebnis: ihre zeitgleiche Verflüchtigung.

Und allein der Gedanke, die Wände erneut streichen zu müssen …

Dieses Mal, dachte er, will ich nicht mehr. Dieses Mal will ich selbst verschwinden. Mein Leben nicht von Neuem beginnen. Lieber aussteigen. Außerhalb von allem sein und sogar von mir selbst. Zum Vergessen werden.

Die Wahl des Fluchtortes fiel schwerer. Südamerika, Europa, Afrika, nein. China und Japan, vergessen Sie's. All diese Orte schienen ihm zu oft *abgebildet* worden zu sein – mit Quinoa und Microkinis, als große Uhr oder Eisenrakete.

Pyramiden,

Schulmädchen,

Ipanema,

Fuji,

Mao.

Namen von Diktatoren und Krankheiten.

Jeder kannte sie.

Und zudem hielt er diese Orte in zweifacher Hinsicht für gefährlich, sie waren einfach erreichbar und wurden oft im Fernsehen gezeigt. Man könnte ihn per Direktflug erreichen. Ein Fernsehteam von TV5 Monde könnte ihn ohne sein Wissen filmen. Und Rita würde ihn strickend vor dem Fernseher in einem japanischen Sex-Shop erkennen, eine Parfümflasche für Gummipuppen in der Hand. Sie würde glauben, Paul, da im Hintergrund, wäre ganz allein und den verstörendsten Perversionen anheimgefallen, obwohl er dort nur einem völlig desinteressierten Kulturtourismus frönen würde. Zu Unrecht würde sie daraus schließen, ihr Weggang hätte ihren Geliebten völlig zugrunde gerichtet. Sie würde sich Illusionen über ihre Wichtigkeit machen, der Arme, der Kleine, sie bedeutete ihm alles. Eine Art zusätzlicher Sieg, den Paul den Frauen nicht mehr gönnen wollte.

Denn sie gewannen immer, waren ihm in all seinen Beziehungen einen Schritt voraus: bemerkten ihn als Erste, verführten ihn als Erste, liebten ihn; verpassten ihm einen neuen Look, sprachen davon zusammenzuziehen, zettelten Streit an, vergaben ihm, hörten auf, ihn zu begehren, verachteten ihn, verließen ihn – als Erste. Es war das andauernde Gefühl, einen Rückstand aufholen zu müssen. Dennoch küsste er sie, sobald sie betrunken waren, hatte mit ihnen am ersten Abend Sex, kaufte sofort jede beliebige Kleinigkeit, auf der ihr Blick verweilte. Vergebens. Sie machten Schluss, bevor er überhaupt daran denken konnte. Ewig Zweiter.

Die Vorstellung also, dass Rita ihn obendrein wiederse-
hen und seinen Zustand bemitleiden könnte, missfiel ihm.
Er brauchte einen Ort, an dem er sich wirkungsvoll in Luft
auflösen konnte. Seine endgültige Abwesenheit würde Fragen
ohne Antworten in ihr aufkommen lassen und mit ein wenig
Glück auch das Bedauern, dass sie sie nie kennen würde.
Das Verstreichen der Zeit, unterstützt vom Rätsel um sein
Verschwinden, würde seine Rache sein.

Was den Ort betraf, entschied sich Paul für eine Zwi-
schenlösung, für einen Ort, von dem er nichts wusste. Nicht
Russland und auch nicht die Türkei. Ein Ballungsraum an
der Grenze von Nirgendwo und doch, auf den Karten, in der
Mitte von allem. Baku. Seine Vorzüge waren zahlreich: eine
Altstadt mit einem Labyrinth an Gassen, in dem man sich
verirren, und eine Neustadt, in der man verschwinden konnte, ein paar Millionen Einwohner, genug, um ein Niemand zu
sein – eine harmonische Sprache, von der Paul nicht ein Wort
verstand. Das würde ihn daran hindern, in die Falle der Gespräche zu tappen und bedeutsame Beziehungen zu knüpfen.

Der Name der Stadt erinnerte ihn außerdem an den Titel
eines »Spirou und Fantasio«-Bandes von Fournier, der seine Kindheit geprägt hatte. Diese Vertrautheit beseitigte den
letzten Zweifel bezüglich seiner Wahl. Mit Kindheit, Comics
und Naivität hatte er alles, was das Herz begehrt, für einen
Neuanfang.

Das Übrige war eine Frage von Kreditkarten und Flugti-
ckets, dann von Warten und Turbulenzen. Nach drei Flügen,
die alle gleichermaßen strapaziös waren, während derer drei
aufeinanderfolgende, sehr beleibte Sitznachbarn das Un-
behagen für Paul vervielfachten, nahm dieser einen vierten
Flieger. Nie gelang es ihm, auf dem Rumpf den Namen der
Fluggesellschaft zu lesen. Dennoch war er erleichtert, als er
sah, dass der Platz neben ihm leer bleiben würde. Aber nein.
Paul musste für einen Mann mit Verspätung und Übergewicht aufstehen, der sich direkt neben ihn setzte. Sobald der

Mann sich eine Decke über den Kopf gezogen hatte, schlief er auch schon ein. Paul sah von dem Schläfer nur die zitternde Brustwarze unter dem aufgeknöpften Hemd, wenn er versuchte, durch das Fenster zu blicken.

Als Folge davon aß Paul die Brezel, die man ihm reichte, nicht. Ihm fehlte der Appetit. Dennoch betrachtete er sie. Ihre Form faszinierte ihn: eine Art Hybrid aus einem Herz und dem Friedenszeichen, ein abgeändertes Volkswagenlogo mit komplexem Flechtwerk, aus Teig geformt, ohne Anfang und Ende – vielleicht hatte vielmehr das Gebäck das Logo inspiriert –, ein Gedanke, der in seiner Kreisbewegung auch durchaus an die Form der Brezel erinnerte, von der Paul schließlich ergriffen war. Er sah darin die Unendlichkeit und zugleich ihre Ausweglosigkeit. Die Ewigkeit und ihr Labyrinth. Der immer gleiche Ablauf der Tage. Ein kleiner Spiegel seines Lebens.

Er schlief ein.

Ersparen wir uns sein Erwachen in Baku, seine Ankunft in einer fremden Welt, seine Suche nach einem Taxi und dann nach einer Wohnung am Rande der Altstadt. Einige würde das langweilen.

Drei Tage später also war Paul in einer dunklen Mansardenwohnung eingezogen, die mit einem Bettsofa und der Nachbildung eines Lazy-Boy-Sessels aus grünem Skai-Kunstleder ausgestattet war. Sein Koffer war ausgeräumt, seine Kleider hingen im Schrank neben dem Eingang. Er hatte sein Ziel fast erreicht: Tag für Tag ein Leben vorüberziehen lassen, das kein Ereignis wieder zum Laufen bringen würde. Nichts mehr tun.

Er durchschritt seine Wohnung, deren Holzboden knarrte. Durch ein winziges Fenster sah man Ziegeldächer, über denen sich ein Turm erhob. Er betrachtete ihn, einige Minuten verstrichen. Dann streckte er sich auf seinem Bettsofa aus. Dort lag er in einem einzelnen Lichtstrahl und versuchte, einige ins Französische übersetzte Gedichte von Khurshidbanu Natavan zu überfliegen. Bevor er zwei davon gelesen hatte, bekam er Hunger.

Er ging nach draußen und irrte durch die Gässchen der Altstadt. Sie wissen schon: moosige Steine, Mauern mit Eidechsen, eine komplexe Abfolge von Bögen und Innenhöfen, in denen sich Schatten und Sonne abwechseln. Er fand ein Café, dessen verlassene Terrasse ihm gefiel. Ein paar alte Männer spielten Dame, zwei Touristen studierten ihren Reiseführer. Paul las die Zeitungen und verstand nichts. Er vertrieb sich die Zeit damit, die Wörter aus verschiedenen Artikeln abzugleichen. Er meinte, das Substantiv »Kaukasus« zu erkennen und im Wetterteil das Adjektiv »wolkig«. Er bestellte ein Sandwich.

Und drei Jahre vergingen.

In dieser Zeit unternahm Paul wenig. Er hielt sich im Wesentlichen an diese Routine, die ihm dennoch ermöglichte, ein wenig Aserbaidschanisch zu lernen. Das Café. Ein Bier bestellen. Eine Zeitschrift lesen. Die Damespieler grüßen. Er sah keine Touristen mehr.

Einmal wollte er das berühmte Heiligtum von Atechgah besichtigen, wo jahrhundertelang ein ewiges Feuer gebrannt hatte, das von parsischen Priestern unterhalten wurde, die Vegetarier und aus Indien gekommen waren. Der Tempel befand sich dreißig Kilometer außerhalb der Stadt. Man müsste ein Auto mieten, den Bus nehmen.

Er verschob das Vorhaben auf den nächsten Tag.

Dann dachte er nicht mehr daran.

Er verließ die Altstadt nur, um in seine Mansardenwohnung zurückzukehren und Natavan zu lesen, deren Verse er nun auswendig kannte.

In dieser mit Blumen bedeckten Welt gab es zu viele leere Gesichter ...

Das einzig wirklich unerfreuliche Abenteuer der letzten drei Jahre: Er musste einem Filmteam ausweichen, als er eines

Abends nach Hause ging. Deutsche Dokumentarfilmer versuchten, den Ursprung des Jungfrauenturmes zu erleuchten, der nun Teil des UNESCO-Weltkulturerbes war. Es wurde alles und nichts gefilmt: Toreinfahrten, Entwässerungsschlitze, Passanten.

Paul konnte dem Auge der Kamera gerade noch ausweichen. Er folgte dem Schatten eines Mauervorsprungs. Er ging eine Straße entlang, die er nicht kannte. Er machte einen Umweg durch die Neustadt mit ihren Boulevards und ihrem Gehupe. Er kam mitten in der Nacht und völlig erschöpft zu Hause an. Im Fenster durchbohrte der Turm den Mond.

Ja, es war der Jungfrauenturm. Im Lauf der Monate sammelte Paul, ohne wirklich zu suchen, einige Informationen über den Turm und, was ihn noch mehr beschäftigte, die Jungfrau. Ersterer bestand aus kompakten, geäderten Steinen. Sein lang zurückliegender Ursprung blieb ebenso geheimnisvoll wie seine Form: eine Papyrus- oder Klopapierrolle, eine Film- oder Pianola-Notenrolle. Lange glaubte man, er habe zur Verteidigung gedient. Allerdings stellte sich heraus, dass seine Fenster ungünstig ausgerichtet waren, die Treppen unpraktisch, die Räume zu klein. Er schien eher eine religiöse Rolle gespielt zu haben. Doch man wusste nicht, welcher Ritus dort abgehalten worden war.

Was nun die Jungfrau betraf, so war sie die Tochter des Schahs gewesen. So schön, das kann man sich denken, dass ihr Vater beschloss, sie zu heiraten. Doch sie überlistete ihn. Sie verlangte die Errichtung eines Turms und würde die Ehe erst bei dessen Fertigstellung eingehen. So geschah es.

Als sie sah, dass ihr Vater nach Abschluss der Bauarbeiten seine Meinung nicht geändert hatte, stieg die Jungfrau auf den Turm und warf sich ins Kaspische Meer, das der Legende zufolge damals die Grundmauern des Gebäudes umspülte.

Dabei wäre es für Paul geblieben, für uns auch. Er fürchtete, bei der Besichtigung der touristischen Sehenswürdigkeit auf weitere Kameras zu treffen. Es wäre einfacher, bei seiner Routine und den Gedichten von Natavan zu bleiben. Nur, dass ein Turm nicht ohne Folgen in einer Geschichte vorkommt. Eines Tages muss er bestiegen werden. Dieser Tag ist heute.

Paul schlürft einen Mazagran und schaut ins Nichts. Eine Platane, eine Wolke in Form einer Platane. Ein alter Izh-412. Seine Tür öffnet sich, eine Frau steigt heraus. Paul wendet den Blick nicht von ihr. Sie geht an der Terrasse des Cafés vorbei, unter der Platane, unter der Wolke hindurch. Sie trägt kein Kopftuch, der Wind zerzaust ihr Haar. Es ist Rita.

Um es klar zu sagen, eigentlich ist es keineswegs Rita. Vielmehr eine aserbaidschanische Frau, die weder Ritas Gang noch ihre Größe noch ihr trapezförmiges Kinn oder ihr sommersprossiges Gesicht hat. Aber die Haare, das sind ihre. Lockig, schwarz, lang. Ein bisschen tentakelartig. So perfekt, dass Paul die Beschaffenheit des Kopfes, den sie bedecken, ausblendet.

Paul folgte der Frau.

Es gab einen Halt in der Bäckerei, eine Baklava, eine Reihe von verschlungenen Fußwegen und Durchgängen, die sie beide zum Turm führten, auf dessen Schild auf Aserbaidschanisch Qiz Qalasi stand. Sie stieg hinauf. Paul folgte ihr.

Sie hielt einen Moment inne, um durch ein Fenster das Meer in der Ferne zu betrachten. Dann ging sie weiter die Treppe nach oben, bis sie die Spitze des Turms erreichte. Sie sprach auf Englisch mit einigen Touristen, erklärte ihnen die Legende, das Rätsel. Paul schloss daraus, dass sie dort arbeitete. Er war im Hintergrund stehen geblieben und versuchte zu verstehen, wie Ritas Haare, die exakt gleiche Anordnung ihrer Strähnen, die identische Nachahmung ihrer Farbe und ihres Glanzes, auf den Kopf einer aserbaidschanischen Fremdenführerin gelangen konnten.

Nach einer Weile sah sie ihn.

Sie kam auf ihn zu, um die Geschichte der Jungfrau zu wiederholen, denn er war nun der Einzige, der sie noch nicht gehört hatte. Paul musterte ihre Pupillen, ihre Wangen, ihre Lippen, die die einer Unbekannten waren. Sie würde anfangen zu sprechen. Er machte kehrt und rannte die Treppe hinunter. Im Vorbeigehen rempelte er ein Kind an. Er verschwand in der Altstadt.

Am nächsten Tag, auf der Terrasse des Cafés, beschloss Paul, das Abenteuer des Vortags zu vergessen. Menschen zu verfolgen, war nichts für ihn. Natürlich, eine solche Frau, eine hübsche Frau, gewisse Fantasien schienen harmlos. Doch hier waren zu viele Emotionen und Unvorhersehbares damit verbunden.

Er erklärte sich den Vorfall.

Ihr Geist oder ein herausragendes Merkmal ihres Wesens musste das Haar der Fremdenführerin *beherrscht* haben. Ihn womöglich besessen haben. Sie besessen haben. Sodass ihm vorgegaukelt wurde, die Vergangenheit wäre auferstanden, dabei war da gar nichts Übernatürliches. Eine Täuschung. Wahrscheinlich war die Frau blond.

Und schließlich konnte er mit der Vorstellung leben, dass er hier und die aserbaidschanische Frau im Qiz Qalasi war. Das würde gehen. Er würde versuchen, ihr nicht wieder zu begegnen. Er würde seinen Tagesablauf ändern, würde gegen Mittag aufstehen. Er würde sein Fenster mit einem Vorhang verhängen: Er fürchtete, dass allein die Tatsache, das Gebäude sehen zu können, ihn wieder in dessen Bann ziehen würde.

Er kehrte zu seiner Routine zurück, das heißt, er las die Zeitungen. Ein armenischer Mil Mi-24 Hubschrauber war abgeschossen worden. Ein Foto des in Flammen stehenden Gerippes. Der aserbaidschanische Luftraum war über Bergkarabach verletzt worden. Der Vorfall war der erste dieser Art seit … Aber da setzte sich Rita neben ihn. Eine andere Rita.

Denn ganz offensichtlich handelte es sich weder um die Rita aus seiner Wohnung noch um die aus dem Izh-412. Die Haare waren anders, doch die Nase. Weder ihre Augenbrauen noch ihre Wimpern noch ihre Hände. Aber diese Hakennase einer eingebildeten Frau. Kein Zweifel. Sie bestellte ein Sebzi kuku, schaute ihn ein- oder zweimal an und lächelte. Auch dieses Lächeln war nicht das von Rita.

Paul starrte die Nasenflügel an. Betrachtete die geschwungene Form ihrer Nase. Holte von einem Nachbartisch eine Modezeitschrift, um von der Seite das Profil ihrer Erhabenheit beobachten zu können. Brachte die Zeitschrift zwei Minuten später wieder zurück, nachdem er so getan hatte, als blättere er darin. Das Profil hatte sich nicht verändert.

Es war *ihre* Nase.

Dann zahlte die Frau. Sie verließ die Terrasse und bog in ein Gässchen ein, das so schmal war, dass ein Paar kaum hindurchpasste.

Paul folgte ihr.

Am nächsten Tag rief er sich, ohne dessen überdrüssig zu werden, die Details seiner Beschattung ins Gedächtnis. Die Frau war in einen Lebensmittelladen gegangen, hatte ein Lavash gekauft und nahe des Palastes der Schirwanschahs eine Jongleurin gegrüßt. Ihr Weg endete bei einem Trödler, wo sie arbeitete und, wenn gerade nichts zu tun war, in einer Übersetzung von *Claudius Bombarnac* blätterte. Während der ganzen Zeit hatte Paul die Schwachstelle in der Nachbildung gesucht. Aber es war eindeutig Ritas Nase, in ihrer ganzen Gestalt. Bis hin zu dieser Stelle zwischen den Augenbrauen, die mit einem Brückchen aus Haaren bedeckt war.

Paul wagte nicht mehr, ins Café zu gehen. Er verbrachte den ganzen Tag in seiner Wohnung, ausgestreckt auf dem Bettsofa, das er zusammenklappte und wieder auseinanderklappte und dessen metallisches Quietschen die Stille zerschnitt und ihn für kurze Zeit aus seiner anhaltenden Benommenheit riss. Er las nicht. Er packte seine Sachen, ohne zu wissen warum, und packte sie dann wieder aus, wie um seine Ankunft von vorn zu beginnen. Er legte seine Kleider in den Schrank zurück.

Er schob seinen Koffer unter das Waschbecken. Lange ließ er sich aserbaidschanische Wörter durch den Kopf gehen, konstruierte Sätze, stellte sich ein Gespräch vor, das ihm ermöglichen würde, mit den beiden Ritas in Kontakt zu treten.

Die Nase, die Haare.

Es kam ihm die Idee, sie zu verführen.

Die vom Turm zuerst. Er würde sie auf ein Getränk einladen, würde sie nach Hause begleiten, um sie ganz genau zu betrachten. Er würde sich vergewissern, dass ihre Stimme eine andere war, ihre Haare gefärbt, ihr Lachen sich in allen Punkten unterschied.

Ihr nackter Körper würde sich als fremd herausstellen, seine unbekannten Formen ihn beruhigen.

Rita würde sich nicht ähneln. Ihre Auferstehung: eine Erfindung.

Paul schob den Vorhang vor dem Dachfenster beiseite.

Der Tag neigte sich. Die Sonne senkte sich auf den Turm. Bald würde ihr Blut den Himmel beschmutzen, der Turm würde sie aufspießen.

Die Welt ist grausam. Der Mensch ahmt sie nach. Nicht den Menschen, sondern die Welt muss man ändern. Auf diese Weise philosophierte Paul, während sich der Himmel rosa färbte. Paul fand Antworten.

Dann weigerte er sich, der Folter noch länger zuzusehen.

Er ging nach draußen, lief in Richtung des Turms. Er würde nach oben steigen, die Fremdenführer-Rita grüßen. Er würde versuchen, mit ihr zu sprechen. Er würde ihr Privatleben erforschen. Er würde auch ihre Haare berühren, würde einen Weg finden, es zu tun. Er würde ihren Duft einatmen. Dann würde er Bescheid wissen. Er würde seine Rita wiederfinden oder sie verlieren. Beide Aussichten schienen ihm mit einem Mal furchtbar.

Am Fuß des Turmes entgleiste der Plan. Eine Gestalt erschien im Abendlicht und ging an den Hadji-Gayib-Bädern vorbei. Paul konnte nur ihre dunklen Umrisse erkennen, die Kleidung war schwarz wie ein schmiedeeisernes Schlüsselloch. Trotzdem kannte er diesen Gang, das leichte Schwingen der Hüften. Paul änderte seine Richtung und vergaß den Turm.

Mit jedem Schritt in die Nacht wurde seine Verwirrung größer. Dieser Hüftschwung, genau diese Bewegung. Gewiss, der Oberkörper schien zierlicher, die Schultern zu spitz, aber vom Bauchnabel bis zu den Knien gab es keinen Zweifel.

Er folgte einer dritten Rita.

Nach einer Weile verschwand die Gestalt in der Gasse, die zum Café führte. Paul verlangsamte seinen Schritt. Sie überquerte den kleinen Platz, der zur Terrasse des Cafés hinführte, das er seit drei Jahren besuchte. Bei Nacht schien der Ort größer und zugleich weniger alt. Er war voll mit Feiernden, Handwerkern, armen und virtuosen Musikern, die sich in beiderlei Hinsicht Konkurrenz machten. Paul bezog Stellung auf einer Bank. Rita ging in das Lokal hinein und machte sich dann einige Minuten später auf der Terrasse zu schaffen. Sie brachte drei Bier für drei Männer, die aussahen, als hätten sie schon mehrere getrunken.

Paul war noch nie so spät in das Café gegangen. Er hatte diese Rita noch nie dort gesehen. Oder vielleicht doch, aber die Entfernung hatte gefehlt, der Abstand, aufgrund dessen er heute Abend ihre Gangart bemerkt hatte. Denn von Nahem, von vorn, erinnerten ihn dieses dunkelhäutige Gesicht, dieser etwas rundliche Bauch, diese ausladende Brust und diese Proportionen an niemand Bestimmten.

Drei Ritas, dachte Paul in seinem nachgemachten Lazy-Boy aus grünem Skai. Drei Frauen vielmehr, von denen jede einen von Ritas Reizen besaß. Er dachte natürlich auch andersherum: Rita hatte ein Merkmal von jeder Frau besessen. Seine Gedanken gingen unnötigerweise von einer Sichtweise zur anderen. Auf diese Weise verlor er extrem viel Zeit mit dem Versuch, das Unmögliche zu begreifen.

Schließlich gab er seinen Plan des Treffens auf der Turmspitze auf. Den Trödler und das Café ebenfalls. Es war, als ob von nun an das Haar allein oder bloß die Nase oder nur der Gang nicht ausreichen würde. Bei der Vorstellung, Rita aufgeteilt wiederzusehen, fürchtete er, enttäuscht zu werden. Die Nase wäre von einem neuen Gesicht umgeben, das Haar fiele auf eine trügerische Stirn, die Hüften und ihr Gang wären nicht mehr aufeinander abgestimmt, sobald er die Augen heben würde.

Er verstrickte sich, fantasierte, hoffte, zweifelte und brachte so mehrere Tage zu. Er klappte das Bettsofa auseinander und wieder zusammen. Er beträufelte seine Überlegungen mit einer wohlbekannten Melancholie. Diejenige schlechter Erfahrungen aus der Vergangenheit. Verpasster Gelegenheiten. Gehüteter Geheimnisse. Verschwiegener Gefühle.

Nach einer Woche kam er zu dem Schluss, dass sein neues Leben des Umherschweifens und des Nichts ruiniert war. Die Ruhe, in der er sich wiegte, war nun von Besessenheit getrübt. Er wurde von den Bildern der drei Frauen verfolgt, die oft nur noch eine einzige waren. Er glaubte sogar, das unverschämte Geheimnis der Dreieinigkeit aufdecken zu können.

Schlussendlich wünschte er sich Folgendes: sie gleichzeitig wiederzusehen. Die Möglichkeit zu haben, sie zur gleichen Zeit zu mustern, sie verschmelzen zu lassen, vielleicht wieder eine ganze Rita zu erschaffen. Oder enttäuscht zu werden angesichts der Unmöglichkeit einer solchen Wiederherstellung. Dieses Erlebnis würde ihm jedenfalls helfen, zu etwas Neuem überzugehen: dem Erwachen oder dem Wahnsinn.

Paul kritzelte drei identische Nachrichten auf Papier. Darin lud er sehr höflich zu einem Treffen ein. Er schmeichelte auf subtile Weise. Weckte gerade genug Neugier. Es würde am übernächsten Tag um fünfzehn Uhr stattfinden. In einer der großen Hallen des Nationalen Teppichmuseums. Er würde warten. Er würde einen blauen Anzug tragen und eine Rose in den Händen halten.

Natürlich nicht. Während sie diese Schießbudenfigur suchten, würde er sie beobachten, wohl eher eingemummt in einen braunen Schal. Der ausgewählte Ort war modern, kalt, entbehrte jeden Geheimnisses. Er würde sie weit entfernt der berauschenden Mauern der Altstadt beobachten, in Sicherheit vor der betäubenden Eigenartigkeit ihrer Straßen, um zu sehen, ob die Ähnlichkeiten fortbestehen würden.

Wenn das der Fall war, blieb ihm nur noch zu hoffen, dass sie lange genug warteten, sodass er sie *kombinieren* konnte. Diese Extravaganz beherrschte ihn: Wenn die drei Frauen vereint wären, würde die Welt eine neue Richtung einschlagen, das Universum sich verändern, das Leben und der Tod wären leichter zu ertragen. Er würde vielleicht glücklich sein.

Eines Abends trank er im Café ein Gläschen und schob die Nachricht unter das Trinkgeld der Hüften.

Er ging zum Trödler und überließ ihm das Buch von Natavan für fast nichts. Ein versiegelter Brief schaute daraus hervor. Er nahm dem Besitzer das Versprechen ab, ihn der Nase zu geben. Paul setzte sich auf eine Bank gegenüber dem Laden und wartete geduldig, ging erst fort, nachdem er gesehen hatte, dass der Umschlag persönlich übergeben worden war.

Er erklomm den Turm. Er bat ein Kind unter den Touristen gegen ein bisschen Geld, dem Haar den Brief zu übergeben. Als sie ihn überflogen hatte, stieg er ohne Hast nach unten.

In allen drei Fällen gab Paul acht, die Frauen nicht zu sehr anzusehen. Wenn das Auge schon nicht jungfräulich war, musste es keusch bleiben. Es ging darum, ihre jeweiligen Ähnlichkeiten zu vergessen, um die Wirkung ihrer Vereinigung zu vervielfachen. Diese würde, angesichts der drei Frauen, einen unabwendbaren Schock in ihm erzeugen, eine Entladung, die Rita wiederbeleben würde. Frankensteins Kreatur war aus dem Blitz geboren worden.

Paul setzte sich auf ein Bänkchen in der großen Halle. Es war noch nicht fünfzehn Uhr. Er wartete auf die Ankunft der Ritas.

Ihm war warm unter seinem Schal, und er versuchte sich vorzustellen, was passieren würde. Falls sie kämen, würde natürlich nichts geschehen. Sie würden lediglich warten, ohne einander zu kennen. Sie würden ihn mit den Augen suchen, ohne dass aus ihrer Nähe irgendeine Alchemie entstehen würde, ihre Summierung würde keinen Übergang in Zeit und Raum öffnen. Er würde sie vielleicht ein letztes Mal mustern, in ihren Zügen vergebens das Gespenst suchen, das er wiedererkannt hatte. Dann könnte er gehen, enttäuscht und erleichtert. Oder sie vielleicht ansprechen und ihnen seine Verrücktheit erklären. Aber diese Vorstellung erschöpfte ihn.

Die andere Hälfte seiner Seele wünschte sich tatsächlich, dass sie nicht kommen würden. Er würde noch zehn Minuten regungslos dort bleiben und dann gehen. Er würde in seine Wohnung zurückkehren, eine alte Zeitung lesen, sich vielleicht ein Buch kaufen. Er würde sich langweilen. Was für eine Erleichterung.

Immer noch nichts.

Sodann betrachtete er einen Teppich, der in der Mitte des Raumes hing, mit zwei Haken an der Decke befestigt. Eine Abfolge von schwarzen und weißen Schnörkeln und Flechtwerk rahmte drei Figuren ein. Das Muster hatte weder Anfang noch Ende, es war ein großer Wirbel, ohne auch nur eine gerade Linie, auf dem der Blick Ruhe fand. Paul dachte an die Brezel, an sein Leben. Paul näherte sich dem Teppich und versuchte, die darauf abgebildete Szene zu verstehen. Er überflog die Erläuterung.

Darin wurde ein Abschnitt der Liebesgeschichte von Leila und dem Dichter Madschnun beschrieben:

Madschnun hatte Leila so sehr begehrt und für diese unmögliche Liebe alles gegeben, dass er, aufgrund der ständigen Zurückweisung seiner Liebe, mit der Zeit verrückt geworden war, sich zurückgezogen hatte und in Abwesenheit seiner Geliebten wie ein Einsiedler lebte. Als ein Freund ihm ankündigt, dass Leila vor seiner Türe stehe, antwortet er: »Sag ihr, sie soll ihrer Wege gehen, denn Leila würde mich daran hindern, an Leilas Liebe zu denken.«

Paul blieb lange vor dem Teppich stehen. Schließlich stellte sich eine Frau neben ihn. Er wagte nicht, sie anzusehen. Er erahnte, aus den Augenwinkeln, *ihre* Nase.

Plötzlich drehte er sich um und ging, auf den Boden schauend, los. Er erreichte den Ausgang. Er rief ein Taxi, bat darum, zum Flughafen gebracht zu werden.

Und Paul verließ Rita.

übersetzt von Lisa Käuffert

Dank

Die Herausgeberin dankt allen Rechteinhabern für die freundliche Abdruckgenehmigung sowie Winnie Bennedser., Marie-Luise Guhl, Elise Nicoli und Hannah Fietz für ihre vielfältige Unterstützung und ganz besonders Lisa Paping für ihre engagierte und kompetente Mitarbeit an diesem Band.

Autoren und Quellen

﹌ Ryad Assani-Razaki

Der 1981 in Benin geborene Autor wanderte 2004 in die USA, dann nach Kanada aus und studierte Informatik. Er lebt und arbeitet in Toronto. Seine ersten Erzählungen, »Deux circles«, erschienen 2009 bei Vlb éditeur, Montréal. 2011 wurde er mit seinem Debütroman »La Main Iman« (L'Hexagone, 2009; dt. »Iman«, Wagenbach, 2014) bekannt, mit dem er den renommierten Robert-Cliche-Preis gewann.

Die Erzählung »Olaosanmi« erschien im Magazin »Le Pigeon«, No.1, Éditions de l'Hexagone 2015, S. 35–44; übersetzt von Sonja Finck © Éditions de l'Hexagone, 2015

﹌ Aqiil Gopee

Der 1997 geborene Maurizianer schreibt seit seinem zwölften Lebensjahr. Er interessiert sich sowohl für die Literatur seiner Heimatinsel als auch für Stephen King, Edgar Allan Poe oder die Gebrüder Grimm. Sein erster Roman »La pièce« erschien 2012 bei Edilivre. Der junge Autor erhielt bereits mehrere Auszeichnungen: Mit der Kurzgeschichte »Loup et Rouge« (Buchet-Chastel, 2014) belegte er im Jahr 2014 den dritten Platz beim Prix du Jeune Écrivain, bereits 2016 gehörte er mit der Geschichte »La Porte en fer« erneut zu den Preisträgern.

»Loup et Rouge« erschien in der Anthologie »Sornettes ou vérité? et autres nouvelles. Prix du Jeune Écrivain 2014«, Buchet-Chastel 2014, S. 63–75; übersetzt von Birgit Leib © Muhammad Aqiil Gopee

﹌ Clémentine Beauvais

Die 1989 geborene Pariserin zog mit 17 Jahren nach Cambridge, um dort Literatur zu studieren. Heute lebt und unterrichtet sie in York. Beauvais hat bereits mehrere erfolgreiche Kinder- und Jugendbücher veröffentlicht. Ihr Roman »La pouilleuse« (Sarbacane, 2012) erschien 2015 auch auf Deutsch (dt. »Dreckstück«, Carlsen, 2015). Mit ihrer Erzählung »L'étrange cas des deux amours de Jean-Baptiste Robert« gehörte sie 2010 zu den Preisträgern des Prix du Jeune Écrivain.

Die Erzählung erschien in dem Band »L'enfant sur la falaise et autres nouvelles. Prix du Jeune Écrivain 2010«, Buchet-Chastel 2010, S. 173–193; übersetzt von Julia Charlotte Kersting © Clémentine Beauvais

≋ Marie-Lucie Bougon

Marie-Lucie Bougon wurde 1991 bei Paris geboren und studierte dort Literatur. Sie interessiert sich besonders für keltische Mythen und fantastische Literatur. 2013 zählte sie mit ihrer Geschichte »La Nouvelle Hétaïre« zu den Preisträgern des Prix du Jeune Écrivain. Zu ihren Veröffentlichungen gehören außerdem »La Dame de la chasse« in: »Ils ne devaient pas s'aimer« (éditions Val Sombre, 2012) und »Le Club des érudits hallucinés« in: »Montres enchantées« (éditions du Chat Noir, 2014).

»La Nouvelle Hétaïre« erschien in »Icare et autres nouvelles. Prix du Jeune Écrivain 2013«, Buchet-Chastel 2013, S. 205–225; übersetzt von Jonas Dehn © Marie-Lucie Bougon

≋ Arthur Brügger

Der französischsprachige Schweizer wurde 1991 in Genf geboren und schloss 2013 sein Studium am literarischen Institut in Bern ab. Er lebt und arbeitet in Lausanne und ist Mitglied des jungen Schriftstellerkollektivs »AJAR«. Mit der Geschichte »Trompe-l'œil« (Buchet-Chastel, 2012) gehörte er 2012 zu den Preisträgern des Prix du Jeune Écrivain. Seitdem hat er mehrere Erzählungen sowie einen Roman veröffentlicht: »L'œil de l'espadon« (Zoe, 2015; dt. »Das Lächeln des Schwertfischs«, Piper, 2017).

»Trompe-l'œil« erschien in der Anthologie »Histoires en creux et autres nouvelles. Prix du Jeune Écrivain 2012«, Buchet-Chastel 2012, S. 159–174; übersetzt von Lisa Paping © Arthur Brügger

≋ Cécile Coulon

Die aus Clermont-Ferrand stammende Schriftstellerin wurde 1990 geboren und veröffentlichte bereits mit siebzehn Jahren ihren ersten Roman »Le voleur de la vie« (éditions Revoir, 2007). Vier weitere Romane von Coulon erschienen beim Verlag Viviane Hamy: Mit »Le Roi n'a pas sommeil« gehörte sie zu den Finalistinnen für den Franz-

Hessel-Preis. 2015 war sie für den europäischen Literaturpreis für Nachwuchsautoren nominiert.

»Je refuse d'être libre« wurde übersetzt von Marie-Luise Guhl und Lisa Paping © Cécile Coulon

⚜ Louis Carmain

1983 geboren, studierte der aus Québec stammende Frankokanadier zunächst Literatur und arbeitete dann als Bibliothekar und Beamter. Sein Debütroman »Guano« (L'Hexagone, 2013) wurde mit dem Prix des Collégiens, einem begehrten kanadischen Literaturpreis für Nachwuchs-Schriftsteller, ausgezeichnet. Sein zweiter Roman »Bunyip« erschien 2014 (L'Hexagone).

»Bretzel« erschien im Magazin »Le Pigeon«, No.2, Editions de l'Hexagone 2015, S. 23–30; übersetzt von Lisa Käuffert © Editions de l'Hexagone, 2015

⚜ François-Henri Désérable

Der 1987 in Amiens geborene Autor studierte Recht und Sprachwissenschaften. Mit seiner Kurzgeschichte »Clic! Clac! Boum!« gehörte er 2012 zu den Preisträgern beim Prix du Jeune Écrivain. Sein erster Roman »Évariste« erschien 2015 (Gallimard) und beschäftigt sich wie die Kurzgeschichtensammlung »Tu montreras ma tête au peuple« (2013, Gallimard) mit der Französischen Revolution. Für diesen Roman erhielt er mehrere Preise, unter anderem den »Grand Prix de l'Histoire de Paris 2015«.

»Elle avait rougi« erschien im Erzählband »Tu montreras ma tête au peuple« bei Éditions Gallimard 2013, S. 65–80; übersetzt von Friederike Ridegh © Éditions Gallimard, 2013

⚜ Tristan Garcia

Der 1981 in Toulouse geborene Autor studierte Literatur und Philosophie an der École Normale Supérieure in Paris. Er unterrichtet Philosophie an der Universität Jean-Moulin in Lyon und hat bereits mehrere philosophische Essays veröffentlicht. Sein erster Roman »La meilleure part des hommes« (Gallimard, 2008; dt. »Der beste Teil der Menschen«, Frankfurter Verlagsanstalt, 2010) erhielt den renommierten Prix de Flore und wurde auch am Theater inszeniert.

Außerdem erschienen »Faber. Le déstructeur« (Gallimard, 2013; dt. Wagenbach, Herbst 2017) und der Romanzyklus »7« (Gallimard, 2015), für den Garcia 2016 mit dem »Prix du Livre Inter« ausgezeichnet wurde. Die Kurzgeschichte »Mager« stammt aus dem Erzählband »En l'absence de classement final«, S. 77–87; übersetzt von Jakob Schumann © Éditions Gallimard, 2012

⚜ Kiev Renaud

Kiev Renaud ist 1993 in Kanada geboren und lebt und studiert in Montréal an der renommierten Universität McGill. Bereits mit sechzehn Jahren veröffentlichte sie ihren ersten Roman: »Princesses en culottes courtes«. Sie schrieb zahlreiche Kurzgeschichten, darunter auch »Et couvertes de satin« (2007, GGC Productions), mit der sie 2015 den ersten Platz beim Prix du Jeune Écrivain belegte. 2016 erschien ihr zweiter Roman »Je n'ai jamais embrassé Laure«(Leméac, 2016). »Et couvertes de satin« erschien in der gleichnamigen Anthologie »Et couvertes de satin et autres nouvelles. Prix du Jeune Écrivain 2015«, Buchet-Chastel 2015, S. 11–19; übersetzt von Winnie Bennedsen © Leméac, 2016

⚜ Arthur Larrue

Arthur Larrue wurde 1984 in Paris geboren und unterrichtete vier Jahre lang französische Literatur an der Universität in Sankt Petersburg, bis die Veröffentlichung seines ersten Romans »Partir en Guerre« (Éditions Allia, 2013; dt. »Wojna«, Wagenbach, 2014) ihn die Anstellung und das Visum kostete. Sein Interesse an Russland zeigt sich in vielen seiner literarischen Arbeiten. Neben der Kurzgeschichte »Kolossof« über den Pianisten Sokolov (Feuilleton, 2013) fertigte er eine französische Übersetzung der Erzählung »Die Nase« von Nicolas Gogol an (»Le Nez«, Éditions Allia, 2014).
»La troisième dimension du septième étage« wurde übersetzt von Max Stadler © Arthur Larrue 2016

⚜ Noémi Schaub

Noémi Schaub ist 1989 in der Schweiz geboren und studiert an der Universität Neuchâtel in Neuenburg. Sie ist Mitglied des Autorenkollektivs »AJAR« und betreibt den Verlag »Paulette«. 2012 erhielt sie für ihre Erzählung »La vie en creux« (Buchet-Chastel, 2012) den ersten Preis beim Prix du Jeune Écrivain.

»La cabane« erschien in der Anthologie »L'enfant sur la falaise et autres nouvelles. Prix du Jeune Écrivain 2010«, Buchet-Chastel 2010, S. 327–345; übersetzt von André Hansen © Noémi Schaub

✎ Leïla Slimani

Die 1981 in Marokko geborene Autorin studierte Politik in Paris und schreibt seit 2008 als Journalistin für das Magazin Jeune Afrique. Ihr Debütroman »Dans le jardin de l'ogre« (Gallimard, 2014) wurde 2014 für den bekannten Prix de Flore nominiert. 2016 veröffentlichte Slimani einen weiteren Roman »Chanson douce«(Gallimard, 2016). Für diesen erhielt sie den bedeutendsten französischen Literaturpreis, den Prix Goncourt.

Die Geschichte »La belle au bois dormant« erschien in einer Anthologie (»Remake«, Belfond, 2015), in der zeitgenössische französische Autoren die Märchen von Charles Perrault neu erzählen. S. 169–179; übersetzt von Paula Rauhut © Belfond, 2015

✎ Alice Zeniter

Die 1986 in der Normandie geborene Schriftstellerin studierte an der École Normale Supérieure in Paris und machte ihren Doktor in Theaterwissenschaften. Sie veröffentlichte ihren ersten Roman »Deux moins un égal zéro« (Éditions du Petit Véhicule, 2003) bereits mit 16 Jahren. Es folgten zwei weitere Romane (»Jusque dans nos bras«, Albin Michel, 2010; »Sombre Dimanche«, Albin Michel, 2013). Für ihren vierten Roman »Juste avant l'oubli« (Flammarion, 2015) erhielt sie 2015 den Prix Renaudot des lycéens. Zu ihren Veröffentlichungen zählen auch ein Theaterstück (»Spécimens humains avec monstres«, 2011) und ein Drehbuch (»Fever«, 2014).

»Il n'y aura plus d'été« erschien im Magazin »Le Pigeon«, No.2, Éditions de l'Hexagone 2015, S.10–19; übersetzt von Marie-Luise Guhl © Éditions de l'Hexagone, 2015

L'AMOUR TOUJOURS

Marie Darrieussecq Schweinerei Roman
Eine junge Frau erzählt die unerhörte Geschichte von ihrer langsamen Verwandlung in eine Sau. Als Verkäuferin in einer Parfümerie, die aber auch andere Dienstleistungen anbietet, muss sie die abwegigsten Wünsche ihrer Kunden befriedigen. Auf die Verderbtheit ihrer Umgebung reagiert ihr Körper und verändert sich. Zunächst finden die Kunden Geschmack an dieser Metamorphose, doch die fortschreitende Verwandlung lässt sich bald nicht mehr verbergen. Sie kann sich schließlich in den Wald retten, wo sie glücklich mit einem Eber lebt.
Aus dem Französischen von Frank Heibert
WAT 774. 160 Seiten

Françoise Sagan Ein gewisses Lächeln Roman
Dominique studiert ohne rechte Überzeugung und ist wenig enthusiastisch mit ihrem Kommilitonen Bertrand liiert. Sie lebt träge und ziellos dahin, bis sie Bertrands weltläufigen Onkel Luc kennenlernt. Der ist zwar glücklich verheiratet, aber einem Abenteuer nicht abgeneigt, und nach einigem Zögern verbringt Dominique zwei sommerlich heiße Liebeswochen mit ihm an der Riviera. Als sie bemerkt, dass sie sich wirklich verliebt hat, ist es bereits zu spät.
Aus dem Französischen von Helga Treichl
WAT 775. 144 Seiten

Christian Oster Meine Putzfrau Roman
Lange hat Jacques vergeblich auf die Rückkehr von Constance gewartet. Als die Erinnerung an die Frau verblasst und der Staub in seiner Wohnung überhandnimmt, beschließt er, sich eine Putzfrau zu suchen. Schnell hat er sich mit Laura geeinigt – sie kommt montags, wenn er arbeitet und nicht zu Hause ist. Bald kommt Laura auch an einem zweiten Tag, wenn er nicht arbeitet und sehr wohl zu Hause ist. Alles scheint perfekt – bis eines Tages Constance wieder vor der Wohnungstür steht …
Aus dem Französischen von Lis Künzli
WAT 777. 192 Seiten

TOUJOURS L'AMOUR

Véronique Olmi   Ein Mann – eine Frau   Roman

Zwei Menschen treffen sich in einem Café, spazieren bei Regen durch den Jardin du Luxembourg. Er hat sie früher schon begehrt, und sie hat es ignoriert. Aber jetzt nun hat sie ihn angerufen, obwohl sie sich kaum kennen. Sie und er: beide nicht mehr jung, nicht perfekt, von der Liebe verletzt, ein wenig misstrauisch. Ohne viele Worte gehen sie in ein nahes Hotel, verbringen den Nachmittag im Bett. Was nicht mehr sein soll als Sex, wird zu einem Grenzgang, einer Befreiung.

Aus dem Französischen von Claudia Steinitz
WAT 778. 128 Seiten

Madeleine Bourdouxhe   Gilles' Frau   Roman

Elisa und Gilles sind glücklich, die Rollen klar verteilt. Liebe bedeutet für Elisa: Ehefrau zu sein. Jeden Abend wartet Elisa sehnsüchtig auf ihren Mann. Doch ausgerechnet ihre jüngere Schwester Victorine verdreht Gilles den Kopf. Elisa kommt schnell dahinter, nimmt seine Untreue hin, demütigt sich, wird gar zur Komplizin seiner Begierde, bis Victorine ihn verlässt. Als Elisa schließlich klar wird, dass sie nun ihrerseits Gilles nicht mehr liebt, kapituliert sie.

Aus dem Französischen von Monika Schlitzer
WAT 779. 160 Seiten

Alain Montandon   Der Kuß
Eine kleine Kulturgeschichte

Wussten Sie, dass noch unlängst ein Handkuss unter freiem Himmel undenkbar war? Die Chinesen im Kuss ein Rudiment des Kannibalismus sahen? Öffentliche Küsse in Indien vielerorts noch heute verboten sind? Und dass Küsse in Iowa nicht länger als fünf Minuten dauern dürfen? Diese kleine Studie untersucht den Kuss als kulturelles Phänomen.

Aus dem Französischen von Sonja Finck
WAT 549.144 Seiten.

KURZE ROMANE IM ROTEN KLEID

Alan Bennett   Così fan tutte
Eine Geschichte

Mit allen Finessen der Ironie erzählt Bennett die Geschichte eines englischen Middleclass-Ehepaars, das vom Opernbesuch nach Hause kommt und seine Wohnung vollkommen leer vorfindet. Mit dem Verlust der gediegenen Einrichtung beginnt für sie ein neues, weniger weich gepolstertes Leben.

Aus dem Englischen von Brigitte Heinrich
SVLTO. Rotes Leinen. Fadengeheftet. 120 Seiten

Vincent Almendros   Ein Sommer

Zwei Liebespaare auf einem Segelboot im Mittelmeer. Wie soll das gut gehen? Die Sonne brennt, der Weißwein prickelt, die Urlauber sind angespannt. Ein erfrischend leichter Sommerroman, der ein verwegenes Spiel mit seinen Figuren treibt.

Aus dem Französischen von Till Bardoux
SVLTO. Rotes Leinen. Fadengeheftet. 96 Seiten

Stefano Benni   Die Pantherin

Die Pantherin: eine junge Frau, eine geheimnisvolle Spielerin im Halbdunkel des Billardsaals. Was bedeutet ihr Spiel? Gibt es den einen Moment, in dem sich alles entscheidet? Und wenn ja, wie meistert man ihn?

Aus dem Italienischen von Mirjam Bitter
SVLTO. Rotes Leinen. Fadengeheftet. 96 Seiten

Michèle Desbordes   Die Bitte   Eine Geschichte

Die Geschichte einer merkwürdigen Beziehung im 16. Jahrhundert. Zwischen einer einfachen Frau und einem berühmten Mann, am Ende ihrer beider Leben, am Ufer der Loire. Ein behutsamer Roman, konzentriert wie eine Zeichnung nach der Natur.

Aus dem Französischen von Barbara Heber-Schärer
SVLTO. Rotes Leinen. Fadengeheftet. 120 Seiten

KURZE ROMANE IM ROTEN KLEID

Pablo d'Ors   Die Wanderjahre des August Zollinger

Bücher ohne Leben gibt es nicht. Man muss gelebt und gelitten haben, bevor man Bücher macht: Pablo d'Ors entführt den Leser in die zauberhafte Welt des Buchdruckers August Zollinger, der in der Fremde seine Bestimmung findet.

Aus dem Spanischen von Enno Petermann
SVLTO. Rotes Leinen. Fadengeheftet. 144 Seiten

Juan Marsé   Gute Nachrichten auf Papierfliegern

Papierflieger über Barcelona künden von nichts Geringerem als von Leben, Liebe und Tod. Eine ehemalige Variététänzerin – eine alte Dame mit Papagei und Kanarienvogel – öffnet dem jungen Bruno die Augen: Ein kleines Buch, das eine große Geschichte erzählt.

Aus dem Spanischen von Dagmar Ploetz
SVLTO. Rotes Leinen. Fadengeheftet. 96 Seiten

Graham Greene   Verleihe niemals deinen Mann

Liebe gehört nicht zu den gängigen Merkmalen einer Ehe! Nach dem großen Erfolg von »Heirate nie in Monte Carlo« nun die Fortsetzung: Denn auf jede Eheschließung folgen die Flitterwochen, und die sind nicht minder gefährlich ...

Aus dem Englischen von Walther Puchwein und Hilde Spiel
SVLTO. Rotes Leinen. Fadengeheftet. 104 Seiten

Wenn Sie mehr über den Verlag und seine Bücher wissen möchten, schreiben Sie uns eine Postkarte oder elektronische Nachricht (mit Anschrift und E-Mail). Wir informieren Sie dann regelmäßig über unser Programm und unsere Veranstaltungen.

Verlag Klaus Wagenbach   Emser Straße 40/41   10719 Berlin
www.wagenbach.de   vertrieb@wagenbach.de